1

Impressum:
Selbstverlag
Text, Layout und Lektorat: Eckhard Moos
Abbildungen: privat
Alle Rechte bei Eckhard Moos

Eckhard Moos

DER MÖRDERKATER

Geschichten um die Tollwut

Inhalt:

Lyssa und Lyssi

Eine Waldgeschichte

Seit vielen, vielen Jahren haust in unseren Wäldern die böse Fee Lyssa.

Sie geht um wie ein Gespenst.

Als sie geboren wurde, war die Nacht schwarz und stürmisch und der Regen peitschte die Welt.

Und voller Furcht war alles Lebendige.

Nur der Teufel freute sich und ging, den Eltern zu gratulieren.

Die Tiere des Waldes aber erschraken bis ins Mark und sprachen: Es wird ein großes Unglück über uns kommen. Denn sie kannten die Eltern genau.

Sie kannten die Mutter: Das war die Krankheit.

Sie kannten den Vater: Das war der Tod.

Lyssa wuchs heran. Alt ist sie heute, uralt, doch ungebrochen ist ihre Kraft. Gierig ist sie wie die Begierde selbst, unsichtbar wie die Luft, so klein wie ein Nichts. Unzählbar sind ihre Kinder wie die Unendlichkeit. Grausam ist sie, unberechenbar und ungerecht: Wie die Eltern.

Doch sie ist nicht unbesiegbar.

Bezwingen kann sie nur der Mensch. Lyssa weiß das.

Sie hasst die Menschen. Wer ihr verfällt, den tötet sie.

Gnade und Erbarmen sind ihr so fremd wie dem Sturm die Stille.

Beherrschen will sie die Tiere. Ihr Wille soll geschehen. Auf einem Rotfuchs reitet sie durch Wald und Feld. Die Tiere fliehen voller Entsetzen, wenn sie ihre Nähe spüren. Packt sie einen Tier, einen Hasen, ein Reh, eine Katze, einen Hund, dann ist es verloren. Dann herrscht Lyssa in ihm, spielt mit ihm, spielt es zu Tode.

Das ist das Erbteil der Mutter.
Sieben Tage sind Lyssas Zeit.
Sieben Tage Leben und Lust für Lyssa
Siebe Tage Kummer und Krankheit für das gepeinigte Opfer.

Lyssa ist wählerisch. Das Gewürm, das Gekreuch und Gefleuch, Fliegen, Käfer, Würmer, Frösche und Echsen verachtet sie. Das alles hat Ruhe vor ihr. Zu kalt sind ihr die Fische. Selten nur greift sie einen Vogel.

Ihr Opfer muss warm sein, muss Nerven haben und Blut und Gehirn. Je mehr, desto besser für Lyssa. Herrschen will sie über edle Tiere. Nur so wird sie zur Macht.

Peinigen will sie empfindsame Tiere, nur so kann sie ihre Begierden stillen. Am edelsten und empfindsamsten aber ist der Mensch. Ihn zu fassen ist Lyssas höchste Lust.

Doch der Mensch ist klug.

Sie schlägt die Tiere des Waldes, bald einen Fuchs, bald einen Dachs, selten ein Reh oder ein Eichhörnchen. Vielleicht bekommt sie auch eine Fledermaus oder einen Wolf zu fassen. Kein Säugetier ist sicher vor ihr.

Der Mensch aber kennt Lyssas Schwächen. Er allein weiß, wie sie bezwungen werden kann. Klein ist Lyssa wie das Nichts, das ist ihre Stärke. Das aber ist auch ihre Schwäche. Eine Handbreit ist für sie wie der Ozean. Sie kann nicht hinüber.

Der Abstand ist die Waffe der Menschen. Lasst sie nicht zu euch heran, ruft der Mensch seinen Kindern zu.

Doch Lyssa ist voller Tücke. Auf jedem Tier kann sie sitzen. Heimlich und leise lebt sie in ihm. Auf seinen Nervenbahnen kriecht sie vorwärts. Millimeter um Millimeter. Immer vorwärts geht ihre verborgene Reise. Unterwegs wird sie wie die Unendlichkeit. Unzählbar sind ihre Kinder. Sie und ihre Kinder - alles ist Lyssa, Lyssa, das Gespenst des Waldes. Und sie kriechen vorwärts.

Millionen und aber Millionen.

Viele kommen vom Weg ab, dringen ins Blut der Tiere ein, in den Speichel.

Aber Lyssa marschiert.

Unaufhaltsam.

Sie will ins Gehirn. Sie will die Macht.

Die Nervenstraßen führen dorthin.

Tagelang marschiert sie mit all ihren Kindern, manchmal monatelang. In aller Stille.

Unaufhaltsam.

Bis sie ihr Ziel erreicht hat. Das Gehirn. Das Schaltzentrum. Die Befehlszentrale.

Dann reißt sie die Herrschaft an sich. Dann befiehlt sie.

Dann beginnt ihr grausames Spiel.

Das Siebentagespiel.

Sie flüstert: Renne! Und das Opfer rennt.

Sie befiehlt: Tanze! Und das Opfer windet sich in Krämpfen, röchelt unter Zuckungen.

Sie schreit: Beiße!

Und der Fuchs oder Hund oder Dachs beißt um sich in rasender Wut.

Im Speichel des beißenden Tieres aber sitzen Lyssas Kinder. Schon haben sie ihr eigenes Opfer gepackt. Schon marschiert auch hier Lyssa unaufhaltsam zum Gehirn, zur Schaltzentrale der Macht.

Lyssa befiehlt: Trink!

Und das Tier läuft zum Wasser.

Da höhnt Lyssa: Würge!

Und das dürstende, leidende, gepeinigte Tier würgt und erbricht. Keinen Tropfen Wasser bekommt es herunter.

Lyssa aber lacht.

Lyssa genießt die Macht.

Die Menschen sehen das unglückliche Tier und sagen:

Das ist die tolle Lyssa. Nehmt euch in Acht. Haltet euch fern.

Lyssa aber ist hinterlistig. Sie fühlt sich ertappt. Sie gibt einen neuen Befehl: Still, sei ganz still. Und das arme Tier steht da. lässt den Kopf hängen und kann sich kaum bewegen.
Die Menschen sehen es wieder und sagen ihren Kindern:

Das ist die stille Lyssa. Nehmt euch in Acht. Haltet euch fern.

Klug sind die Menschen. Das ist ihre Rettung. Sie kennen die böse Fee und lassen sie nicht an sich heran. Sie passen auf ihre Hunde und Katzen auf, damit sie nicht in die Nähe von Lyssa kommen. Sie lehren ihre Kinder, Lyssa zu erkennen

und sich zu schützen.
Sie wissen, wie Lyssa bezwungen werden kann.
Sie haben die Waffe gegen die böse Waldfee:

Die Waffe gegen Lyssa, das ist der Abstand.
Der Abstand, das ist die Waffe.

Doch Lyssas Arglist kennt keine Grenzen. Schon gar nicht die Grenzen, die die Menschen zu ihren Nachbarvölkern ziehen. Besonders in fernen, warmen Ländern kann Lyssa noch wüten. Immer wieder erwischt sie ein neues Opfer. Denn nicht alle Menschen kennen die Waffe. Noch immer sind die Menschen dort in Gefahr. Noch immer sind es viele Tausend , die von Lyssa angefallen werden. Keine Grenzen kennt Lyssas Arglist.

Aber die Menschen schmiedeten sich eine neue Waffe. Schon oft hatten sie Krankheit und Tod bezwungen. Sollte es ihnen nicht gelingen, auch weitere Waffen gegen Lyssa zu finden?
Die klugen Menschen wussten. Lyssa ist die

Arglist. Nur mit Arglist kann Lyssa geschlagen werden. Die neue Waffe gegen Lyssa musste wie Lyssa selbst sein:

Unsichtbar wie die Luft.
So klein fast wie das Nichts.
Unzählbar wie die Unendlichkeit.

Wenn das so ist, sagte einer der klugen Menschen, dann kann Lyssa nur von Lyssa besiegt werden. Lasst auch uns arglistig sein. Lasst uns Lyssas Kinder fangen. Wir werden sie gegeneinander hetzen.

Ein guter Rat.
Eine schwere Tat.
Wie sollte das geschehen?
Die Menschen dachten nach.
Da kam das Schaf zu ihnen und sprach:
Ich bin nur ein Schaf.
Aber ich kann euch helfen. Lyssa hat mich erwischt. Sie ist in mir. Ihre Kinder sind auf dem Weg in meinen Kopf. Wenn sie in meinem

Gehirn sitzen, nehmt es heraus. Dann habt ihr Lyssas Kinder. Alles weitere ist dann eure Sache.

Die Menschen freuten sich. Doch sie fragten:

Aber was wird dann aus dir, Schaf. Dann stirbst du ja.

Das Schaf lächelte. Es sprach: Ach ihr Menschen. Wenn mich Lyssa nicht erwischt hätte, dann würdet ihr mir irgendwann den Pelz abziehen und mich aufessen. So aber kann ich noch gegen Lyssa kämpfen. Auch ich hasse Lyssa. Macht euch um mich keine Sorgen.

Die Menschen bedankten sich bei dem Schaf und versprachen, alles zu tun, was nötig sei.

Und so geschah es:

Als die stille Lyssa in dem Schaf saß, nahmen die Menschen das Gehirn heraus. Sie übergossen es mit allerlei Säure und trieben allerlei Wissenschaft.

Und siehe!

Es gelang.

Die Menschen hatten Lyssa gefangen. Aber aus Lyssa war eine andere geworden. Sie sah aus wie Lyssa, sie war klein fast wir das Nichts, unsichtbar wie die Luft. Aber sie war nicht Lyssa. Sie war nicht böse. Sie tat niemanden etwas zu leide.

Die Menschen nannten sie Lyssi.

Lyssi kämpfte gemeinsam mit den Menschen gegen Lyssa.

Und weil die Menschen klug waren, brauchte sich bald kein Schaf mehr zu opfern. Es gelang ihnen, auch auf mancherlei andere schlaue Weise Lyssi zu vermehren. Der Kampf gegen Lyssa konnte beginnen.

Immer, wenn Lyssa sich auf einen Menschen gestürzt hat, schicken die Ärzte Lyssi in den Kampf. Sie spritzen eine Flüssigkeit mit vielen Lyssis unter die Haut des Menschen.

Dann beginnt der Wettlauf.

Lyssi ist flink. Sie ist schneller als Lyssa.

Wenn die langsame Lyssa, die ganz heimlich über die Nervenstraßen zieht, endlich im Gehirn ankommt, ruft Lyssi ihr entgegen:

Was willst du hier?

Ich bin doch schon da.

Lyssa wundert sich, aber sie glaubt den Betrug.

Wie soll sie sich auch von sich selbst unterscheiden können?

Denn Lyssi sieht aus wie Lyssa.

Lyssa gehorcht,

Sie zuckt die Schultern und geht.

Was soll sie auch dort, wo sie schon ist?

Die Menschen sind glücklich. Nun haben sie zwei Waffen gegen Lyssa, die böse Waldfee.

Den Abstand!

Und Lyssi!

Die stärkste Waffe ist der Abstand.

Eine Handbreite ist für Lyssa wie der Ozean. Sie kann nicht hinüber.

Und hat Lyssa es doch einmal geschafft, den Abstand mit List und Tücke zu überwinden, dann hilft Lyssi. Doch ihr wisst jetzt, Lyssi muss den Wettlauf gewinnen. Die nächsten Geschichten erzählen davon.

Der Mörderkater

Ein Katzenkrimi

Es war kein schöner Tag heute. Schon früh um fünf, als Susanne aufwachte, trommelten einige windgepeitschte Regentropfen an die Fensterscheiben. Die großen fingerförmigen, Blätter des Kastanienbaumes vor dem Fenster klatschten an die Regenrinne. Es sah fast so aus, als würde der Baum mit hundert nassen Händen nach dem Haus greifen. Durch das grüne, sich im Wind bewegende Laub erblickte Susanne einen eintönig grauwolkigen Himmel, der wohl noch viele tausend Liter Wasser bereit hielt. Kein einziger heller Fleck in den Wolken war zu sehen, der vielleicht ein Ende des Regens versprach. Eigentlich war das ja ganz gemütlich, wenn man so im trockenen warmen Bett lag. Susanne. schaute auf ihre Armbanduhr, die sie im letzten Herbst, als sie zur Schule gekommen war, bekommen hatte.
Sechs Uhr erst.
Sie drehte sich verschlafen in ihren Bett herum, rekelte sich gähnend und wäre wohl sofort wieder eingeschlafen, wenn nicht irgend etwas Störendes sie wach gehalten hätte. Und dann

sah sie es auch: Das Bett ihrer Schwester war leer. Wo war denn Maren?

Susanne war plötzlich hellwach. Sie fürchtete sich ein wenig in dem leeren, fremden Zimmer, im dem sie beide gestern fröhlich und sehr müde von der langen Reise eingeschlafen waren. Wenn Maren dabei war, dann war für Susanne alles gut. Aber Maren war jetzt nicht da, nichts war gut.

Leise rief Susanne nach ihrer Schwester: "Reni, Reni, wo bist du?"
Keine Antwort, nur der Wind peitschte weiter die Regentropfen an das Fenster. Und die Kastanie griff mit ihren nassen Blätterhänden unheimlich nach den Scheiben.

Der erste Ferientag fing ja gut an. Mit sieben Jahren ist man nicht gerne alleine in einem leeren fremden Zimmer in einem großen, unbekannten Haus.
Susanne rief noch einmal, diesmal lauter:
"Reni, wo bist du denn?" Keine Antwort, wieder

keine Antwort. Susanne zog die Bettdecke über den Kopf, rollte sich zusammen und machte sich ganz klein.

Und trotzdem hörte sie jetzt leise, rasche Schritte, die die Treppe zu ihrem Schlafzimmer heraufkamen. Die alte Holztreppe knarrte unter den unheimlichen Schritten und Susanne rollte sich noch enger zusammen.

Leise öffnete sich die Tür, und vorsichtig schob sich ein brauner, zerzauster Lockenkopf durch den Türspalt. Maren. Ein Glück, Maren war wieder da. Susanne warf das Federbett zur Seite:

"Wo warst du denn, ich hab schon solche Angst gehabt."

Maren hatte ganz große, erstaunte Augen. Sie legte den Finger auf die Lippen. Leise flüsterte sie:

"Nein, Susi, du musst doch keine Angst haben, ich komm doch immer wieder. Komm mit. Aber leise, ganz leise. Eine Überraschung. Ich habe eine Überraschung." Susanne hatte jetzt auch gar keine Angst mehr, Maren war ja da. Ob ich auch tapferer bin, wenn ich zwei Jahre älter bin, fragte sie sich. Sie sprang aus dem Bett und lief barfuß hinter ihrer Schwester her. Maren schlich gerade vorsichtig durch die Zimmertür nach draußen, auf den Treppenflur und war schon auf den ersten Stufen. Susanne tapste hinter ihr her, ließ aber sicherheitshalber die Tür offen, wer weiß, was Maren ihr zeigen wollte. Nicht alles, was zehnjährige Mädchen spannend finden, ist auch für siebenjährige in Ordnung, dass wusste Susanne schon. Wer weiß, was das jetzt wieder war.

Plötzlich gab es einen fürchterlichen Krach. Erschrocken drehten die Mädchen sich um. Es war die Zimmertür. Der Wind hatte sie mit lautem Dröhnen zugeschlagen. Wütend drehte Maren sich um, beachtete die Tür aber nicht weiter, sondern lief die Treppe herab zum unteren Flurfenster.
"Sie ist weg, schrie Maren, siehst du, jetzt ist sie weg. Du bist aber auch ein Tollpatsch, Susi. Konntest du die Tür nicht ordentlich zumachen? So ein Krach, na klar, das hält sie nicht aus. Das

hält keiner aus.""Was kann ich dafür, dass es so windig ist. Du hast doch das Fenster in der Toilette aufgemacht, du bist doch schuld", maulte Susanne zurück.

Am liebsten hätte sie jetzt richtig böse weiter mit Maren gestritten. Schließlich hatte die Große auch nicht immer recht. Diesmal schon gar nicht. Bloß weil sie drei Jahre älter ist, brauchte sie nicht immer die Schlaue spielen. Aber dann siegte die Neugier in Susanne:

"Ja, ja, ist ja gut, wer ist weg? Wer soll denn hier gewesen sein? Sag, was war es denn?"
"Eine Katze", sagte Maren. "Eine große Katze, bestimmt ein Kater, ein ganz großes Biest. Völlig schwarz war er, nur die Schwanzspitze war weiß. Hier hat er gesessen, auf dem Fensterbrett, draußen. Ans Fenster geklopft hat er. Als ich aufmachen wollte, fauchte er so komisch, da habe ich das Fenster lieber wieder zu gemacht."
"Du spinnst ja. Was du dir so ausdenkst. Katzen klopfen doch nicht an das Fenster", meinte Su-sanne " Dann glaubst du es eben nicht."

Maren ging mit gekränkter Miene ins Schlafzimmer zurück.

"Wegen der dämlichen Katze machst du so
einen Aufstand, du hast sogar vergessen, die
Toilette zu spülen." Susanne zog kräftig an der
Schnur der altertümlichen Toilette. In das
Rauschen hinein hörte sie ihren Vater
schimpfen. Er war aus dem Nebenzimmer zu
ihnen gekommen.

"Was ist denn los bei euch, so ein Krach, es ist
kaum sechs Uhr, ich will bis um sieben keinen
Mucks mehr von euch hören."

Er ging wieder hinaus. Die Eltern schliefen am
anderen Ende des langen Korridors.

Die beiden Kinder lagen wieder in ihren Betten.
Beide konnten nicht mehr schlafen.

Gestern, am Sonnabend waren sie hier
angekommen, in dem alten Schloss, dass sie ein
bisschen unheimlich fanden, denn hier gab es
weder Prinzessinnen noch Prinzen, sondern nur
alte Menschen, die oft auch noch krank waren.

Sie kannten das große alte Haus auch schon von
einem früheren Besuch im letzten Herbst, den

die Familie hier einmal sonntags bei Papas Kollegen gemacht hatte, der die Einrichtung leitete. Das Schloss war inzwischen ein Krankenhaus, ein Krankenhaus für chronisch kranke Patienten, hatte ihr Vater ihnen erklärt. Sie hatten damals auch Sascha kennengelernt, einen fröhlichen Jungen in Susannes Alter, der hier wohnte.

Jetzt sollte Papa hier seinen Kollegen, Saschas Vater, vertreten, der als Arzt hier für die kranken Leute zuständig war, jetzt aber zur Kur fort war. Den Sascha hatten die beiden Mädchen gestern schon gesehen, sie hatten sich schnell angefreundet und Sascha hatte versprochen, ihnen heute das Schloss und den Park richtig zu zeigen.

Papa war ein wenig traurig gewesen, als er erfuhr, dass er im Sommer hier nach Duckwitz kommen sollte, aber er wollte Saschas Vater die Bitte um eine dreiwöchige Vertretung nicht abschlagen. Wieder kein gemeinsamer Sommerurlaub mit der ganzen Familie, hatte er gedacht. Dann aber hatten sich alle schnell geeinigt, das Beste daraus zu machen und gemeinsam hierher zu fahren, alle zusammen, die beiden Mädchen, Mama und Papa. Platz war genug in dem alten Schloss. Für die Kinder ist die Landluft ganz gut, hatte Mama gedacht, sie können sich in dem Park ja austoben.

Der Park war wirklich sehr groß und auch sehr schön. Ein Park war er aber nur, soweit das Auge reichte, mit geharkten oder kiesbetreuten Wegen und Bänken, auf denen die Patienten sitzen konnten, und mit einer großen, von Blumenrabatten umgebenen Wiese. Dahinter aber standen riesige alte Bäume, dichtes

Unterholz versperrte den Blick. Die Wege verloren sich, wurden zu schmalen, geheimnisvollen Pfaden.

Die Patienten, chronisch Kranke, hatte Papa gesagt, gingen immer nur bis an diese Wildnis heran, wohl nie hinein. Auch die Kinder hatten damals, bei ihrem Sonntagsbesuch, das Dickicht nicht betreten dürfen. Damals war Herbst gewesen, jetzt aber war Sommer, und die Wildnis stand wie eine grüne Mauer hinter den Grünanlagen des Krankenhauses und reichte fast um das ganze alte Schloss herum. Das Bauwerk selbst war groß und wuchtig, richtig alt und ehrwürdig, aus rotbraunen Klinkern und verziert mit schönen Stuckwerk. Hohe Fenster durchbrachen in schöner Symmetrie das Mauerwerk. Dichter Efeu spross aus armdicken Lianen und zog über den halben Bau. Saschas Vater hatte zwar gemeint, es wird Zeit, dass der alte Kasten einmal richtig renoviert wird, aber für die Kinder war schon damals alles ein richtiger romantischer Spielplatz gewesen. Zum Park führte vom Schloss eine breite Freitreppe hinunter, deren geschmiedetes Geländer schwere eiserne Blätter und Ranken und ganz oben vier eiserne, reich verzierte Laternen trug. Nach vorne, zur Straße war das Schloss wie verwandelt, es war frisch verputzt, die Fenster waren breit und modern. Keine Spur von Efeu. Über der Tür leuchteten weithin sichtbar, aus großen Glasröhren zusammengesetzte Buchstaben: REHAKLINIK DUCKWITZ.

Als die Familie Moser mit den beiden Mädchen am Montag früh in den Frühstücksraum kam, wurden sie von Frau Samuel, der Köchin, empfangen. Frau Samuel war eine fröhliche, rundliche Frau mit einem einzelnen dicken Zopf am Hinterkopf, der zwar schon ganz grau war, ihr aber ein freundliches, mädchenhaftes Aussehen verlieh. Wozu sie immer eine Brille trug, wusste man nicht so recht, denn eigentlich balancierte sie das Gestell auf der Nasenspitze und schaute dabei immer über den Brillenrand hinweg.
"Na , ihr beiden", empfing sie die Mädchen, seid

ihr Mäkelliesen oder könnt ihr richtig reinhauen?"

Susanne und Maren schwiegen, was sollten sie auch sagen. Susanne hätte erst ja und dann nein und Maren erst nein und dann ja sagen müssen. So sagten sie lieber gar nichts.

Nach dem Essen wickelte Maren eine Scheibe Salami in eine Serviette und steckte sie heimlich in ihre Jackentasche. Von wegen heimlich. Frau Samuel entging nichts, was in ihrem Frühstücksraum passierte.

"Ach Mädchen", sagte sie, "was soll denn das, das fettet doch alles durch und deine schöne Jacke bekommt einen Fleck. Was willst du den mit der Wurst? Du kannst dir auch gerne eine ganze Klappstulle schmieren, ich geb dir eine Plastetüte dafür."

"Nein, ich will die Wurst doch für die Katzen mitnehmen", rief Maren zu Frau Samuel herüber, die gerade den Frühstückstisch für Sascha und seine Mama fertig machte, die auch bald kommen würden. Sie packte die Wurst aber folgsam wieder aus und bekam dafür eine Tüte, in der sich noch weitere Wurstreste befanden.

"Heute morgen hat eine an unser Fenster geklopft, die hatte bestimmt Hunger."

"Ach, die Katzen!" Frau Samuel schmunzelte.

"Wir haben drei hier, die kriegen eigentlich immer genug zu fressen, die Patienten füttern nämlich auch. Ihr könnt sie ruhig anfassen und auch streicheln, sie sind das gewöhnt und sind auch ganz liebe Tiere. Seit einigen Tagen treibt sich aber wohl auch der Mörderkater wieder hier rum, vor dem müsst ihr euch in acht nehmen, das ist so ein großer schwarzer."

Maren flüsterte vor Überraschung, als sie fragte: "Der Mörderkater? Ein schwarzer? Hat der eine weiße Schwanzspitze?"

"Was weiß ich, nachts sind alle Katzen grau. Ich hab ihn selbst noch nicht gesehen, mein Mann hat es mir erzählt, dass er wieder da ist. Aber nun macht, dass ihr rauskommt, eure Mutter wartet schon."

Susanne fröstelte plötzlich, ihr war, als hätte ihr

jemand kaltes Wasser in den Nacken gegossen.
"Hast du das gehört? Mörderkater hat sie gesagt. Ob der das war, der bei uns ..."
Maren gruselte es auch ein wenig.
"Hab keine Angst", sagte sie, "ich hab ihn doch gesehen, er sah gar nicht so schrecklich aus."

Sie waren noch gar nicht lange wieder in ihren Zimmer, da pfiff es draußen. Sascha stand unten und winkte. Ein Glück, dass Sascha da war und nicht auch mit seinem Vater fort musste. Mit wem hätten sie sonst spielen sollen. Andere Kinder gab es hier nicht, das nächste Dorf war über einen Kilometer entfernt. Die beiden Mädchen liefen hinaus. Sascha stand mit seinem Roller auf der Straße und wartete auf sie. Er war ein freundlicher Junge mit hellen blonden Locken. Bestimmt gehörte er auch nicht zu den guten Essern der Frau Samuel.
Statt einer Begrüßung knallte Maren ihre Wursttüte auf Saschas Rollersitz.

"Wir wollen die Katzen füttern. Sascha, wo sind die Katzen, drei soll es hier geben."

"Die Katzen, also die sind die meiste Zeit im Keller. Wir haben hier einen großen dunklen Keller, da dürfen Kinder überhaupt nicht rein. Da gibt es Mäuse, und bestimmt auch Ratten, solche großen." Sascha deutete mit den Händen etwa die Größe eines Schäferhundes an.

Maren nickte bedächtig und sagte langsam:

"Ja, ihr habt hier ein richtiges Märchenland. Im Schlosskeller gibt es Ratten, so groß wie Hunde und im Park läuft ein Mörderkater herum."

"Quatsch", sagte Sascha, "der Mörderkater ist bestimmt eine Übertreibung unserer Köchin, die erfindet immer Geschichten. Der Mörderkater ist doch lange weg. Seit über einem Jahr. Vorigen Sommer ist aber hier wirklich etwas passiert. Ich weiß nicht genau, was. Da gab es viele seltsame Dinge, der Kater sollte schuld daran sein. Als Herr Samuel ihn fangen wollte, war er dann aber weg, wie vom Erdboden verschwunden. Ich hab ihn seitdem auch nicht mehr gesehen. Wie kommt ihr darauf, dass er wieder da ist?"

"Ich hab ihn gesehen, er hat bei uns ans Fenster geklopft." Maren guckte ein bisschen von oben herab auf Sascha, schließlich war sie auch drei Zentimeter größer.

"Wir könne ihn ja suchen. Vielleicht in deinem unheimlichen Keller?"

Sascha sah man an, dass ihm nicht wohl war bei dem Vorschlag. Sein Vater hatte ihm streng verboten, in den Schlosskeller zu gehen. Die eine Hälfte der großen Kelleranlage war ordentlich ausgebaut worden für die Belange des Krankenhauses, der andere Teil dagegen war noch fast so wie damals, als hier noch ein richtiger Graf gelebt hatte, allerdings jetzt völlig heruntergekommen, voll mit Gerümpel, alten Stühlen und Spinnweben.

"Und außerdem ist dort unten vielleicht der Leichenkeller, wenn von den Patienten einer stirbt...", wehrte Sascha Marens Vorschlag ab.

"Hört endlich auf", rief Susanne. "Wollt ihr mir Angst machen. Wir wollen jetzt lieber etwas spielen."

"Spielen", äffte Maren ihre Schwester nach, "was willst du denn spielen? Spielen kannst du auch zu Hause. Aber hast du zu Hause Katzen? Hast du nicht. Also. Wir suchen jetzt die Katzen."

Der Wind hatte aufgehört zu wehen, der Regen hatte nachgelassen. Auch die Sonne blinzelte schon hin und wieder durch die locker und bunt gewordene Wolkendecke. Das Gras trocknete. Es wurde warm. Die ersten Patienten suchten ihre Liegestühle auf der großen Wiese auf. Die Kinder liefen neugierig die noch feuchten Wege entlang. Keiner sprach noch vom Besuch im Keller. In den Pfützen spiegelten sich die großen Kastanien, die noch immer Wassertropfen auf die Wege schütteten. Die Katzen ließen sich heute nicht sehen. An den großen schwarzen Kater dachte keiner mehr. Es wurden fröhliche Ferientage. Die Kinder spielten Schule. Nach einer umkämpften Abstimmung wurden aber nur zwei Fächer zugelassen: Lesen und Zeichnen. Die anderen Fächer waren nicht für würdig befunden worden, die Ferien zu stören. Und Lesen wurde von Sascha und Susi nur genehmigt, wenn Maren die Lehrerin war, und ihnen etwas vorlas, am liebsten Geschichten von Tieren. Auch Zeichnen war akzeptabel. Sie hatten in einem Abstellraum eine große Tafel gefunden, die sie mitten auf den großen Rasen stellen konnten und mit buntkreidigen Blumen, Sonnen, Wolken und Katzen füllten.

Ach ja, die Katzen. Alle drei hatten sich inzwischen eingefunden und kassierten regelmäßig von den Kindern die vom Frühstück stibitzten Leckerbissen.

Da gab es einen Kater Peter, ein schönes, aber ziemlich faules Tier, welches ständig mit glänzendem rotbraunen Fell in der Sonne lag und sogar zum Schnurren zu bequem war.

Etwas kleiner war Mohrchen, von der kein Mensch wusste, warum sie ausgerechnet Mohrchen hieß. Vielleicht wegen einem schwarzen Fleck auf der Brust. Sie war sonst nämlich grau und hatte herrliche Streifen im Fell, wie ein Tiger. Würdevoll genoss sie die Huldigungen Susannes, mit der sie sich

besonders angefreundet hatte. Sie hatte aber
einen Fehler, über den Susanne etwas traurig
war: Wie lange sie spielen wollte, bestimmte sie
nämlich ganz alleine. Im schönsten Katzenspiel
stand sie oft auf, schaute verträumt in die Ferne
und ging davon, sah nicht nach rechts und nicht
nach links. Ebenso unverhofft war sie manchmal
wieder da und strich den Kindern mit hoch auf-
gerichtetem Schwanz um die Beine, bis diese
ihre Beschäftigung unterbrachen und ein
Katzenspiel anfingen.
Und dann gab es noch Weißpfötchen.
Weißpfötchen war ein niedliches Katzenkind, ein
süßes kleines Fellknäuel mit getigertem Fell und
weißen Pfoten. Es konnte springen wie ein Floh,
wurde nie müde und spielte mit allem, was sich
bewegte, meist mit dem Schwanz ihrer Mutter
Mohrchen.

So vergingen die Tage. Es war Donnerstag. Am
späten Abend, müde vom Spiel an der frischen
Luft, waren die beiden Mädchen eingeschlafen.
Maren hatte die Bettdecke weggestrampelt und

hielt im Schlaf einen ihrer braunen Lockenzöpfe in der Hand, als könnte ihn jemand stehlen. Susanne schlief im Bett nebenan. Sie lag halb auf der Seite und ihr halblanges blondes Haar fiel über ihr Gesicht. Es war fast hell im Zimmer. Zwischen den beiden Betten lag ein heller gelber Fleck auf dem Teppichboden. Da hatte sich der runde Vollmond in ein Viereck verwandelt. Im Haus war es still. Auch Mama und Papa schliefen wohl schon.

Plötzlich veränderte sich ein Teil des gelben Vierecks. Am unteren rechten Ende fehlte auf einmal ein Stück Mondlicht. Ein Schatten erschien, ein Schatten, der sich bewegte, der Schatten eines großen dunklen Tieres, das von außen auf das Fensterbrett geklettert war und dem Licht den Weg versperrte.

Der äußere Flügel des Doppelfensters war nur angelehnt, der innere war verschlossen. Das Tier versuchte, sich durch den Spalt hindurch zu zwängen. Dabei schlug der eine Flügel des Fensters mehrmals gegen den anderen, es klang, als ob jemand klopfte.

Erschrocken fuhr Susanne aus dem Schlaf, hörte das Klopfen am Fenster, sah den Schatten und sprang mit einem Satz zu ihrer Schwester ins Bett.

"Reni, Reni, wach auf, hör mal, es klopft, es klopft ans Fenster. Da ist was, da bewegt sich etwas."

Sie zitterte, es war ihr plötzlich sehr kalt und sie zog sich die Bettdecke über den Kopf.

Maren starrte erschrocken auf das Fenster. Da glitzerten zwei helle grüne Lichter, ein dunkler Körper bewegte sich undeutlich draußen auf dem Fensterbrett, es kratzte auf dem Holz und plötzlich war es wieder da, das Klopfen. Einen Augenblick saß sie wie gelähmt und voller Furcht im Bett, dann aber nahm sie Susannes Hand und flüsterte:

"Los, Susi, schnell zu Mama."

Ohne sich umzudrehen liefen sie beide über den Flur und stürzten in das Zimmer ihrer Eltern. Sie krochen so schnell sie konnten zwischen Papa und Mama in deren Bett und erzählten, immer noch zitternd, ihr schreckliches Erlebnis.

"Dass war bestimmt dieser schwarze Kater, von dem Frau Samuel erzählt hat", flüsterte Maren. "Der wollte doch schon einmal hier ins Haus, gleich am ersten Tag, als wir hier angekommen sind."

Papa machte das Licht an und bewaffnete sich mit einem Besen.

"Nun habt doch nicht solche Angst, wenn es eine Katze ist, tut sie euch doch auch nichts. Kommt mit, wir schauen gemeinsam nach."

"Aber Frau Samuel hat doch gesagt, es ist ein Mörderkater", meinte Susanne.

Im Licht lässt alle Furcht ein wenig nach. Die ganze Familie, erst Papa, dann Maren, dann Susanne an Mamas Hand zogen ins Kinderschlafzimmer.

Papa ging ans Fenster.

Da saß ganz unschuldig Mohrchen auf dem Fensterbrett und putzte sich. Alle lachten erleichtert. Papa machte das Fenster auf und gab der Katze einen kleinen Klaps. Mit einem eleganten Satz sprang sie auf den Rasen. Das Fenster lag nur zwei Meter über der Erde. Da war es leicht für eine Katze, hinauf und auch wieder hinunter zu kommen.

"Das kommt davon, wenn ihr so befreundet seid. Sicher wollte sie euch besuchen. Vor einem Jahr hat in diesem Zimmer noch Schwester Martha gewohnt. Die mochte Katzen auch sehr gerne. Bei ihr durften sie sogar ins Zimmer. Vielleicht hat sie ihre Lieblinge manchmal zum Fenster hineingelassen, und die Tiere haben sich daran gewöhnt."

Papa machte das Fenster weit auf und schaute hinaus.

"Nanu, da ist ja eine ganze Katzenversammlung."

Susanne und Maren guckten.

Alle drei Katzen saßen unter dem Fenster.

Etwa drei Meter weiter aber, unter einem Haselnussstrauch, lag ein großer Kater. Mit seinem schwarzen Fell war er im Halbdunkel der Mondnacht kaum erkennbar, nur das grünliche Aufblitzen seiner Augen verriet ihn. Den schweren, breiten Kopf hielt er hoch erhoben. Völlig still und reglos schmiegte sich der mächtige, geschmeidige Körper ins Gras. Nur die Schwanzspitze bewegte sich langsam hin und her. Sie war weiß.

Der Freitagmorgen erwachte mit wunderschönem Wetter. Die Sonne schien zwischen hellen bauschigen Wolken hindurch, und auf dem Gras glitzerte noch ein wenig der Tau der Nacht. Ein leichter Wind säuselte in den Kastanienbäumen.

Das schreckliche nächtliche Erlebnis war vergessen. Aber ein kleiner Stolz blieb in den beiden Mädchen: Sie hatten den Mörderkater gesehen. Es gab ihn also wirklich. Oder war es nur ein anderer fremder Kater gewesen, einer den sie noch nicht kannten?

Wo sie heute auch vorsichtig suchten, er blieb verschwunden. Es fehlte wieder einmal jede Spur von dem geheimnisvollen Tier. Nur zu Sascha hatten sie von ihrer nächtlichen Entdeckung gesprochen. Natürlich erzählten sie ihm nichts von ihrer nächtlichen Furcht.

Schließlich konnte man ja eigentlich keinem Menschen erzählen, dass sie Mohrchen für ein wildes Tier gehalten hatten. Was für eine Blamage. So erfuhr Sascha nur, dass die beiden Mädchen nachts einen schwarzen Kater gesehen hatten, der unter einem Haselstrauch lag.

"Wie wollt ihr nachts einen schwarzen Kater sehen", spottete Sascha. "Vielleicht war das ja nur ein Baumstumpf."

"Doch, na klar", wusste Susanne sich zu verteidigen. "Wir haben seine glühenden Augen gesehen, das war richtig gruselig. Und außerdem schien ja auch der Vollmond. Und seine weiße Schwanzspitze hat sich bewegt. Das konnte man gut sehen."

"Bei Vollmond passieren immer so seltsame Dinge", gab Sascha zu. "Das sagt jedenfalls meine Oma immer." Er erinnerte sich:

"Also, ich glaube, einen schwarzen Kater gab es hier wirklich. Ich weiß noch, wie er überall gesucht wurde, weil er irgend etwas angestellt hatte. Herr Samuel ist damals sogar ins Dorf gefahren, weil der Kater der alten Frau Moritz gehören sollte, die im Dorf hinter der Kirche wohnt. Sie hat das aber abgestritten und den Kater hat man bei ihr auch nicht gefunden."

Susanne wurde es langsam wieder unheimlich.

"Was hat der Kater denn gemacht, dass alle ihn suchen mussten?"

"Das weiß ich nicht so genau, ich glaube, er hat bei Frau Peter Gespenst gespielt als er schon tot war." Sascha zuckte mit den Schultern.

"Also, ich glaub das nicht", widersprach Maren. "Gespenster gibt es nämlich nicht wirklich und tot ist der Kater ja nun auch nicht, wir haben ihn schließlich gesehen. Vielleicht hat er ja als quicklebendiger Kater Hühner gestohlen oder Eier geklaut."

Sascha lachte. "Typische Stadtmädchen seid ihr. Katzen klauen keine Hühner oder Eier. Das machen höchsten Füchse. Die haben wir nämlich auch, dahinten im Park."

"Frau Samuel hat, glaube ich, gesagt, dass der Kater irgendwie krank war. Also gefährlich krank, irgendwie nicht ganz richtig im Kopf."

So sehr sich Sascha auch anstrengte, genau

wusste er nicht mehr, was damals vorgefallen war.

"Krank? Ein geisteskranker Kater, wo gibt es denn so etwas?" überlegte Maren.

"Können kranke Katzen denn etwas Schlimmes anstellen? Bestimmt nicht. Und dann wäre der schwarze Kater ja bestimmt auch schon tot. Es war wohl doch ein anderes Tier, das wir heute Nacht gesehen haben. Das sah nämlich richtig gesund und stark aus."

"Aber eine weiße Schwanzspitze hatte der Kater damals auch", gab Sascha zu bedenken.

"Doch wenn der jetzt gesund ist, dann kann uns ja nichts passieren. Wir können ihn ja im Park suchen, hinten, bei den Tannen."

Unter solchen Überlegungen waren die Kinder schon weit in den Park hinein gekommen. Langsam wich der Baumbestand des gepflegten Parks alten Waldbäumen. Die hohen Fichten und Buchen ließen nur wenig Licht nach unten durch. Richtig schattig und kühl war es hier. Der breite Weg war zu einem schmalen Pfad geworden, der von den Rändern her schon mit Gräsern und Kräutern zuwuchs.

Geheimnisvoll führte er bald um einen gestürzten Baumriesen herum, bald schlängelte er sich durch dichtes Haselnussgestänge und Schlehengesträuch. Manchmal versperrte eine Hecke aus Weißdorn den Weg, der dann kaum noch zu erkennen war und eher an einen Tierpfad erinnerte.

Nach kurzer Zeit aber wurde es wieder hell und die Wanderer standen auf einer kleinen Wiese vor einem Teich. Grüne Entengrütze bedeckte teilweise die Oberfläche, unterbrochen von

breiten Teichrosenblättern am gegenüber-
liegenden Ufer. Ein Frosch quakte laut. Mücken
summten in der Sonne und eine grüne,
schillernde Libelle jagte wie ein winziger
Hubschrauber blitzschnell kreuz und quer über
die Teichoberfläche. Maren setzte sich an das
Ufer, Sascha und Susanne taten es ihr nach.

"Der Teich ist der Grund, warum wir nicht in den
Wald sollen", sagte Sascha. "Meine Mutter
denkt immer, ich könnte hier reinfallen. Aber ich
war schon oft heimlich hier. Man kann hier
Kaulquappen fangen und Frösche beobachten."

"Aber weiter gehe ich jetzt wirklich nicht", erklärte Susanne. "Es ist schön hier, aber auch etwas unheimlich".

"Wir haben aber den Kater noch nicht gesehen, gar kein richtiges Tier haben wir bisher gesehen, nur Frösche und Mücken. Wenn wir schon einmal hier sind, können wir auch noch ein Stückchen weiter gehen". Sascha wurde, jetzt, wo er nicht alleine hier war, richtig mutig.

"Wir sind doch keine zweihundert Meter von der Parkgrenze fort. Und verirren können wir uns nicht, du kannst doch dort noch die Turmspitze vom Schloss sehen."

Nach wenigen hundert Metern gelangten die drei Abenteurer an einen kleinen Hügel, der so dicht mit jungen Fichten bewachsen war, dass nur an einer einzigen Stelle ein schmaler Durchgang hinauf führte. Die Kinder schlängelten sich den Weg bis nach oben auf den Hügel. Es war hier gar nicht mehr unheimlich, sondern hell und sonnig. Eine Anzahl großer, länglicher, roh behauener Steine stand auf seiner freien, grasbewachsenen

Kuppe. Viele waren umgestürzt und vom wilden Pflanzenwuchs überwuchert. Die jungen Forscher setzten sich auf die Steine.

"Wie eine Burg", freute sich Susanne. "Hier könnten wir uns eine Höhle bauen und Vorräte anlegen und jeden Tag Räuber und Gendarm spielen. Und wir könnten hier auch unsere drei Katzen herholen und mit ihnen spielen. Wenn wir ins Haus müssen, können unsere Katzen alles hier bewachen."

Sascha tippte sich mit dem Finger an die Stirn.

"Katzen sind doch keine Hunde, die bewachen nichts, sondern hauen doch auch sofort ab, wenn wir nicht mehr hier sind."

"Höhle bauen ist trotzdem gut", meinte Maren, "Hier könnten wir uns dann jeden Tag auf die Lauer legen, bis wir den schwarzen Kater sehen. Und wenn nicht, könnten wir vielleicht auch andere Tiere beobachten. Hier gibt es bestimmt auch Rehe oder Füchse."

Sascha stimmte jetzt auch zu. "Na gut, der Hügel hier heißt übrigens Hundehügel. Vor hundert Jahren oder vor tausend Jahren, was weiß ich, soll hier ein Graf gelebt haben, der sehr viele Hunde hatte, zwanzig, vielleicht auch noch mehr. Es waren Bluthunde, die er zur Jagd gebraucht hatte, die er aber auch auf Menschen hetzte, wenn die in seinem Wald gejagt haben. Wenn einer der Hunde starb, wurde er hier auf dem Hügel feierlich begraben und die Bauern mussten einen Stein herbeischleppen und auf dem Hundegrab aufstellen. So steht das auch in einem Buch über die Sagen von Duckwitz. Deswegen liegen die Steine hier rum."

"Aber dann ist das ja hier ein Friedhof, ein Hundefriedhof." Maren stand rasch auf. "Hoffentlich gibt es hier keine Hundegespenster."

"Fangt ihr schon wieder an, mir Angst zu machen, ich will jetzt nach Hause." Susanne stand auch auf. "Dauernd quatscht ihr so gruselige Sachen. Und überhaupt, Gespenster von Hunden! Hab ich noch nie gehört. Ihr wollt euch bloß über mich lustig machen."

Sascha tröstete sie: "Aber Susi, das ist wirklich eine Sage, und das ist doch tausend Jahre her und hier ist schon so viel gebuddelt worden, keiner hat was gefunden". Er zeigte auf einige Sandlöcher am anderen Rand der Hügelkuppe. Ein Loch war so tief, dass man bestimmt bis zur Brust darin verschwunden war, wenn man hinein kletterte. Es war mit Gras und Moos ausgewachsen und sah eigentlich richtig gemütlich aus.

"Mensch, das wird unsere Höhle." Maren ließ sich in das Loch rutschen. Die unheimliche Stimmung war verflogen. Bis zum Abend wurde so etwas wie eine Treppe gebaut und das Loch mit Laub und Gras ausgepolstert. An den Seiten setzten sie als Sichtschutz starke Äste ein, die sie in der Umgebung sammelten und die Sascha mit seinem Taschenmesser anspitzte, um sie in den Sand zu bohren. Die Mädchen verflochten die Äste mit Zweigen. Nach hinten hatten sie bald eine richtige Tür. Man musste nur einen dicken Zweig, der mit viel Laub bewachsen war, zur Seite schieben. Diese Laubtür fiel danach auch sogar von alleine wieder zu. An den Seiten konnte man durch die Zweige sehen und dabei aus der Deckung heraus die ganze Umgebung beobachten. Jedes der drei Kinder bekam sein eigenes Beobachtungsfeld zugewiesen, so konnten sie die ganze Umgebung gleichzeitig im Blick behalten. Die Sicht war zwar nicht so richtig gut, weil schon nach wenigen Metern jeder Ausblick von dem dichten Grün des verwilderten Schlossparks gebremst wurde, aber trotzdem. Die drei waren auf ihr Werk so stolz, als hätten sie eine richtige Raubritterburg gebaut. In ihrem Eifer hatten sie gar nicht bemerkt, dass es Zeit wurde, nach Hause zu gehen. Die Sonne stand schon ziemlich tief und die um den Hügel stehenden Bäume warfen schon lange Schatten auf ihre Höhle. Den Grund ihrer Expedition hatten sie fast vergessen. Natürlich war hier kein einziger schwarzer Kater zu sehen gewesen.

Maren wollte gerade aus ihrer neuen Behausung herausklettern, als Susanne sie erschrocken an der Hand festhielt. Draußen knackte es plötzlich im Unterholz. Wuchtige Schritte kamen näher, blieben dann stehen. Eine tiefe Männerstimme murmelte unverständliche Worte. Dann knackten wieder trockene Äste. Hinter einer Eiche kam ein Mann zum Vorschein. Dicht vor den Kindern blieb er stehen. Ohne sie in ihrem Versteck zu bemerken, schaute er direkt zur Höhle.

Maren sah ein breites, stark vorspringendes, unrasiertes Kinn und ziemlich abstehende Ohren. Der Mund schien keine richtigen Lippen zu haben. Er war breit ausgezogen und - er lachte. Zumindest sah es so aus, obwohl die Augen des Mannes eher traurig aussahen. Er hatte trotz des warmen Wetters eine gestrickte Pudelmütze auf dem Kopf. Angezogen war er mit einem graugrünlichem Overall, so einer Kombination aus Jacke und Hose, wie die Arbeiter sie oft trugen. An den Füßen hatte er derbe hohe Schnürschuhe.

Dann sah der Man wieder auf seinen Weg und stampfte weiter. Der Mund lachte immer noch.

"Das war Eberhard", wusste Sascha, "er war einmal Patient im Krankenhaus, ist dann aber hier geblieben und wohnt jetzt in dem kleinen

Haus neben dem Schloss in einem kleinen Zimmer. Er kann nicht lesen und auch nicht schreiben und richtig sprechen auch nicht, vielleicht, weil er auch fast taub ist. Er redet mit keinem. Papa hat gesagt, Eberhard ist sonst in Ordnung, wir sollen ihn aber in Ruhe lassen. Er ist ein gutmütiger Mensch, deshalb lacht er auch immer."

"In Ruhe lassen ist gut", sagte Susanne, "ich bin ja froh, wenn er mich in Ruhe lässt. Zum Fürchten sieht der ja aus!"

Am Sonnabend regnete es. Die drei Kinder durften in Saschas Zimmer spielen. Lange besprachen sie die Sache mit dem geheimnisvollen Kater. Er hatte sich nicht mehr blicken lassen. So sehr sie auch alle darauf brannten, die Suche fortzusetzen, vorerst wurde nichts daraus. An eine Beobachtung aus der Laubhöhle war nicht zu denken. Auch als es aufgehört hatte zu regnen, waren die Wege im Park noch nass, ganz zu schweigen von den Pfaden in den verwilderten Regionen des Parks.

Von den großen Bäumen fielen bei jedem Windstoß dicke Tropfen herab. Als die Kinder bei ihrer Höhle anlangten, war diese völlig durchnässt und am Boden stand eine kleine Wasserpfütze.

Aber am Nachmittag ereignete sich etwas, was die Kinder wieder auf die Spur des schwarzen Katers führte. Sie waren von der Köchin in den Speiseraum eingeladen worden. Frau Samuel hatte ihnen Kakao gekocht und ein Stück selbstgebackenen Kirschkuchen für sie abgeschnitten. Der Fernseher lief und alle guckten auf den Bildschirm, auf dem gerade ein schöner roter Hund, ein Collie, herumsprang. Auch Herr Samuel kam herein, um seine Kaffeepause zu machen. Er lächelte den Kindern zu, goss sich einen großen Topf Kaffee ein und erhielt auch von seiner Frau ein Stück Kirschkuchen.

Da kam Maren eine Idee. Sie ging zum Fernseher, schaltete ihn aus. Susanne wollte

gerade wütend auffahren, verstummte aber, als
Maren ganz artig zu Herrn Samuel sagte:

"Ich glaube, der Fernseher stört sie beim Essen.
Wir machen ihn lieber aus, ist sowieso
langweilig."

Sascha begriff schnell, was Maren vorhatte. Er
sagte, bevor Herr Samuel zu Wort kam:

"Susanne und Maren haben vorgestern den
Mörderkater gesehen."

Herr Samuel schaute auf, blickte die Kinder
nacheinander nachdenklich an, nahm noch
einen Schluck von seinem Kaffee und meinte
dann:

"So, so, den Mörderkater! Ihr habt ihn also
gesehen. Ja, es stimmt, er ist wirklich wieder da.
Ein prächtiges Tier. Hoffentlich gibt es keinen
Ärger mit dem anderen Kater, mit Peter."

Er nahm ein Stück von seinem Kuchen, trank
einen Schluck Kaffee.

"Ein prächtiges Tier, wirklich ein richtig
prächtiges Tier, ganz schwarz ist er, nur die
Schwanzspitze ist weiß." Er versank wieder in
Schweigen, schien ganz in Gedanken verloren.

Erst als er den Kuchen aufgegessen hatte, sah er auf und bemerkte die gespannten Blicke der Kinder.

"Ach, ihr seid wohl neugierig. Na schön, ich will euch die Geschichte erzählen."

"Eigentlich gehörte der Kater wohl der alten Frau Moritz. Sie ist im vorigen Jahr gestorben, war schon sehr alt, hat sich nicht viel um das Tier kümmern können. Sie kam ja selbst kaum noch zurecht. Aber gefüttert hat sie das Tier wohl immer noch. Als sie nicht mehr da war, musste er selbst für sich sorgen, das heißt, er musste jagen, fing sich Mäuse oder Ratten und bettelte wohl auch hier und da bei den Nachbarn. Da war er ja noch jung.

Wisst ihr, Katzen kommen ganz gut ohne uns Menschen klar. Sie können sich, wenn es denn sein muss, selbst versorgen, besonders natürlich hier auf dem Land. Und unser Kater wurde dadurch ein richtiger starker, selbständiger Bursche. Die anderen Katzen hier sind anders, die werden ja auch immer gefüttert. Wenn die sich einmal bequemen, auf die Jagd zu gehen, dann ist das mehr ein Spiel für sie. Mohrchen zum Beispiel. Fängt die einmal eine Maus, dann schleppt sie das arme halbtote Tier überall herum, will wohl angeben damit. Das sieht alles gar nicht gut aus und geht mir eigentlich sehr gegen den Strich. Reine Tierquälerei ist das. Aber so ist die Natur der Katzen. Sie sind halt nicht immer Kuscheltiere, sondern manchmal auch richtige kleine Lustmörder. Ihr müsst das einmal sehen, was Mohrchen mit ihrem Fang macht. Sie tut so, als würde sie weggehen, und wenn die gequälte Maus dann wegkriechen will, packt Mohrchen sie im allerletzten Augenblick wieder am Schlafittchen. Oder sie wirft die Maus wie einen Ball hoch und fängt sie dann wieder in der Luft auf. Sie spielt damit und gibt damit an, bis kein Leben mehr in der Maus ist. Dann lässt sie sie liegen oder schleppt sie zu uns vor die Haustür. Aber fressen, richtig auffressen, Gott bewahre, das Mohrchen mag Mäuse genau so wenig wie ihr. "

Herr Samuel hielt inne beim Erzählen. Er putzte sich die Nase, nahm einen letzten Schluck von seinem Kaffee und erzählte weiter.

"Aber der schwarze Kater ist ein ganz anderes Kaliber. Der hält nicht viel vom Spielen. Sicher, man konnte ihm schon einmal über den Rücken streichen. Doch ihr könntet genauso gut einen Felsbrocken streicheln, so egal war ihm das. Besonders wenn Kinder ihn bemuttern wollten war er zurückhaltend wie ein orientalischer Prinz. Er hatte es halt nicht nötig. Geht ihr eure Wege, ich gehe meine Wege. So ungefähr. Manchmal hat er auch ein wenig gefaucht, um sich allzu aufdringliche Typen vom Leibe zu halten. So einer war das. Richtig eingebildet. Ich denke, früher müssen ihn die Jungs aus dem Dorf einmal tüchtig geärgert haben. Wie Bengels das so machen in ihrem Unverstand, mit Steinen schmeißen oder eine leere Büchse an den Schwanz binden oder ähnlichen Blödsinn. Jedenfalls ließ er sich nicht so gerne von so lütten Menschen nahe kommen. Ach ja, einen Freund hatte er doch damals. Den Eberhard. Vielleicht habt ihr ihn schon gesehen. Unseren tauben Eberhard. Der ist ja so ein Behinderter, wie man wohl heute sagt. Die beiden mochten sich. Warum? Keine Ahnung. Jedenfalls sah man die beiden oft zusammen. Der Kater lag irgendwo im Sand, und Eberhard stand daneben, an einen Baum gelehnt oder an einen Zaunpfosten. Ich hab beide manchmal lange so zusammen gesehen. Eberhard hat irgend etwas gemurmelt und der Kater hat geschwiegen. Ja, so war das damals."

Herr Samuel stand auf, zog die Hose zurecht: "Genug geschwatzt, aber jetzt muss ich langsam wieder los, ihr wisst ja, die Arbeit macht sich nicht von alleine, ihr könnt ja helfen, wenn ihr wollt. Das Heu muss gewendet werden. Es fault sonst nach diesem Regen."

"Aber warum heißt der Kater denn nun Mörderkater?" rief Susanne.

"Das erzähl ich euch vielleicht, wenn ihr jetzt mit nach draußen kommt. Also los, die Sonne scheint schon wieder, ihr Stubenhocker."

Draußen schien wirklich die Sonne. Herr Samuel nahm seine Heugabel von der Schubkarre und begann zu arbeiten. Er schob die große spitze Gabel unter das feuchte geschnittene Gras, hob es hoch, schüttelte die Gabel ein wenig und drehte das Gras so, dass die untere Seite jetzt oben war und alles schön locker lag.

"Nein, das ist wohl keine Arbeit für euch", sagte er. "Nehmt euch lieber den Korb dort und sammelt alles an Papier auf, was dort vor dem Haus herum liegt. Da hat wohl wieder einer nicht gewusst, wie man sich benimmt. Also los, wenn ihr wollt."

Nein, das machte keinen Spaß.

Papier aufsammeln! Irgend ein Patient hatte

eine Zeitung aus dem Fenster geworfen, vielleicht war sie ihm auch versehentlich rausgefallen. Jedenfalls lag alles weit verstreut auf dem Rasen, war nass geworden und sah ziemlich unordentlich aus. Aber es war ja keine langwierige Angelegenheit. Die Kinder hatten die Blätter schnell aufgelesen. Sie brachten den Korb in den Heizungskeller und liefen zurück auf die Wiese. Herr Samuel war inzwischen mit dem Heuwenden fast fertig. Die Kinder stellten sich stumm neben ihn und sahen zu.

"Ja, so ist das. Überall gibt es immer Arbeit für mich. Und vieles wäre gar nicht nötig, wenn alle Leute ein bisschen ordentlicher wären. Zum Beispiel die Papierkörbe dort an der Bank. Jeden Tag müssen sie gelehrt werden. Und ich denke immer, sie sind doch gar nicht nötig. Wenn man Abfall mitbringt, sollte man ihn doch auch selbst wieder mit zurücknehmen."
"Wohin sollen die Patienten den Abfall denn zurückbringen?" fragte Sascha.

"Auf den Zimmern kommt der doch auch in die Abfallbehälter."

"Ja, ja, ist halt alles nicht so einfach. Aber ihr lauert doch schon wieder auf die Geschichte vom Mörderkater."

Herr Samuel setzte sich auf die Bank und die Kinder blieben neugierig vor ihm stehen.

"Also! Da kam doch dieser dumme Tag. Im vorigen Sommer war es.

Frau Helbig kommt mit ihrem Frank hierher. Den Jungen hat sie in einem Kinderwagen, in so einer Sportkarre, er war wohl um die zwei Jahre alt, der Frank. Die Mutti hat im Krankenhaus nur irgend etwas schnell abzugeben und lässt deshalb den Frank im Wagen neben der Treppe stehen. Und auf der Treppe, zum Greifen nah, liegt unser schwarzer Kater. Na, und der Junge sieht das Tier, fängt an zu krakeelen und schreit Mulle, Mulle, oder wie das so heißt in seiner Babysprache und fuchtelt dabei mit seinen Ärmchen vor dem Kater herum. Das wird dem Tier dann wohl doch ein paar Mal zu viel gewesen sein, und als der Junge mit seinen

Händen an sein Fell kommt, hat er einmal zugelangt, nicht gerade zart, hatte ja auch Krallen wie kleine Säbel.

Der Bengel brüllt natürlich wie am Spieß, die Mutter kommt gerannt und sieht gerade noch den Kater um die nächste Ecke verschwinden. Eberhard ist ja auch da. Steht daneben wie angewurzelt und weiß wohl nicht, wem er helfen soll, seinem Katerfreund oder dem Kind. Und Kalle Siewert, der Gärtnergehilfe, hat doch auch gleich einen Knüppel zur Hand und wirft ihn auf den Kater, trifft ihn richtig schwer am Kopf, dass der Kater gleich liegen bleibt. Da kommt plötzlich Leben in den Eberhard. Er stürzt sich auf den Siewert. Eberhard ist ja ein Kerl wie ein Baum, aber viel zu gutmütig zum Kämpfen, also kriegt er auch noch die Jacke voll, aber es reicht, dass der Kater sich humpelnd davon macht ins Unterholz. Seitdem hat ihn keiner mehr gesehen. Das dicke Ende kommt aber noch nach: Der kleine Frank ist ja nicht richtig verletzt, hat aber doch zwei kleine blutige Schrammen an seinem Ärmchen. Und unser Kalle Siewert, der schreit gleich herum: "Muss ja wohl tollwütig sein, das Vieh."

Was bleibt also unserem Doktor, Saschas Vater, anderes übrig, als darauf zu reagieren. Er schickt die Frau Helbig mit dem Jungen in die Kreisstadt zur Impfung, gegen Tollwut. Man kann auch nie wissen, ob was dran ist an dem Verdacht und Tollwut möchte man ja nun wirklich keinem wünschen. Ich hab zwar gedacht, dass das Quatsch ist, denn ich hatte das ja genau gesehen und wusste was passiert war und wusste auch, dass der Kater ganz gesund aussah. Aber Vorsicht ist ja die Mutter der Porzellankiste und wenn man ganz sicher sein will, dass der Kater gesund ist, und keinen anstecken kann, dann muss er von einem Amtstierarzt untersucht werden. Na, und nun untersucht mal, wenn das Tier weg ist. Und er blieb auch weg, der Kater. Wir haben alle nach ihm gesucht. Überall. Zwei Tage lang. In jeden Winkel haben wir geguckt, aber er blieb verschwunden. Man konnte dann wirklich nicht länger warten mit der Impferei und der Frank hat also das Gegenmittel gespritzt bekommen. Wäre ja alles auch noch nicht weiter eine Katastrophe, aber der Frank hat das Mittel schlecht vertragen, was manchmal bei so starken Medikamenten ja vorkommen soll. Er musste damals drei Wochen im Krankenhaus bleiben. Jetzt ist er wieder richtig gesund, hat natürlich auch keine Tollwut bekommen, war ja wohl sowieso nur Quatsch, das alles. Kalle Siewert musste sich auch einiges anhören. Wenn er den Kater nicht verprügelt hätte, wäre der ja noch da gewesen, man hätte ihn untersuchen können und die ganze Impferei wäre nicht nötig gewesen. Und wie das so ist mit ungeklärten Sachen:

Danach ging es bald los mit dem Gerede und mit den seltsamen Geschichten. Drei Tage später fand man die Mieze von der Frau Sommer: Totgebissen. Einige Zeit später fehlte Oma Reichelt ein Huhn. Es lagen nur noch ein paar Federn vor dem Gartenzaun. Und in ihrer Küche soll eine Wurst gefehlt haben. Und Opa Scholz, der hier nebenan wohnt, sucht überall sein weißes Kaninchen, das mit seiner ganzen Bucht verschwunden sein soll. Als dann noch Frau Sommer überall erzählt, dass das Grab der alten Moritz auf dem Friedhof ganz zerwühlt worden ist und sie sich beim Zurechtharken richtig gegruselt hat, da war der böse Name für unseren Kater fertig: Mörderkater. Alle Schandtaten wurden ihm auf sein schwarzes Fell geschrieben. Natürlich war das Unsinn, aber so sind manchmal die Leute, irgend einen Schuldigen musste es ja geben. Natürlich können Katzen keine Karnickelbucht klauen und es wäre wohl besser gewesen, man hätte sich nach dem wirklichen Dieb umgesehen. Ich dachte damals, dass der Kater längst tot war, der Kalle hatte ihn ja böse zugerichtet mit seinem Knüppel. Selbst wenn er noch wegkriechen konnte, zu den vielen Missetaten wäre er gar nicht in der Lage gewesen.

Nun ist er also wieder aufgetaucht, in alter Frische. Er sieht ja eher noch besser aus als damals. Was für ein schönes Tier. Ich möchte bloß wissen, wo er gewesen ist die ganze Zeit und bei wem? Alleine hätte er das kaum überstanden. Aber Katzen sind ja zäh und haben sieben Leben, so sagt man wohl. Und die Tollwut hat er natürlich auch nicht gehabt, die übersteht man nämlich nicht, das schafft nicht einmal ein Mörderkater."

Am Sonnabendnachmittag lagen Susanne und Maren wieder in der Laubhöhle auf ihrer Hundeburg. Sie warteten auf Sascha und hielten Ausschau nach dem schwarzen Kater. Beide ließen sich nicht sehen. Fast eine volle Stunde verging. Alles war ruhig. Eine Elster lärmte im Baum, Meisen flogen wie kleine Federbälle ganz emsig von Zweig zu Zweig, eine große grüne Heuschecke krabbelte vor ihnen einen Pflanzenstängel empor und ein Specht hämmerte sich in der Ferne sein Abendbrot zusammen.
"Psst", machte Maren, "leise, schau einmal."
Am Fuße der Burg raschelte es. Vier spitze braune Ohren sausten durch das Blättergewirr und dann tauchten sie ganz auf: Zwei junge

Füchse, die ganz fröhlich durch das Gras sprangen. "Siehst du, ich habe doch gesagt, dass es hier Tiere zu beobachten gibt, die spielen ja, die spielen richtig wie wir", flüsterte Maren aufgeregt.

Von Sascha aber fehlte noch immer jede Spur.
"Glaubst du, dass er bald kommt?", wollte Susanne wissen.
Maren sah ihre Schwester an. "Hast dich wohl verliebt, was? Hältst es ja keine halbe Stunde

ohne ihn aus. Der hält bestimmt noch Mittagsschlaf."

Susanne guckte beleidigt in den Himmel und erklärte dann höhnisch:

"Eine schöne Phantasie hast du. Bei dir hält also ein Mörderkater immer Mittagsschlaf."

"Und bei dir gehen schon Jungs und Kater durcheinander...".

Sie kam nicht mehr dazu, ihrer Schwester eine gepfefferte Antwort zu geben. Sascha kam angerannt. Er keuchte wie eine Dampflokomotive, als er schwitzend in die Grube stieg.

Natürlich waren die jungen Füchse sofort verschwunden.

"Dort hinten kommt Eberhard. Ich bin vorgerannt. Ich glaube, er hat mich nicht gesehen, gut, dass er nicht richtig hören kann."

Da stampfte Eberhard auch schon an ihnen vorüber, wie immer mit lachendem Mund und traurigen Augen.

"Was der bloß immer hier entlang geht. Was macht der hier?", wunderte sich Maren.

Da schrie Susanne leise auf: "Guck doch bloß mal." Sie zeigte auf Eberhards Hand, die bei dem schweren Schritt des Mannes langsam hin und her schlenkerte. An einem kurzen Bindfaden baumelte etwas.

"Was ist das da an seiner Hand?", rätselte Maren.

Sascha erkannte es sofort: "Ein Wurstzipfel, das ist ein kleiner Wurstzipfel. Was will er damit hier im Wald? Ich werd verrückt, ich glaube, der geht jetzt den Kater füttern!" Sascha blies vor Aufregung seine runden Backen auf. "Der kennt die Katerhöhle, der weiß, wo der Kater ist."

"Katerhöhle?", widersprach Maren, "Katzen leben doch nicht in Höhlen. Katzen sind doch keine Kaninchen."

Susanne war sich nicht sicher: "Ist ja richtig, aber irgendwo muss der Kater ja die ganze Zeit gewesen sein. Los, schnell, wir müssen hinterher. Wir schleichen Eberhard nach."

Sascha begann, aus der Höhle zu klettern. Susanne aber blieb auf ihrem Hosenboden sitzen.

"Hinter Eberhard herschleichen? Ich bin doch nicht lebensmüde."

"Aber Susi, du hast doch gesehen, Eberhard ist doch ganz friedlich. Sie mal, wie lieb der ist, er geht einen Kater füttern. Na ja, vielleicht jedenfalls, und er kann uns doch auch nicht hören", redete Sascha auf Susanne ein.

Von Sascha ließ Susanne sich gerne trösten. Sie stand auf, protestierte aber noch einmal sicherheitshalber leise:

"Ja, schön lieb ist er. Der füttert Mörderkatzen!"

Aber schließlich konnte sie ja nicht mitten im Wald alleine sitzen bleiben, schon gar nicht an einem Ort, der vielleicht ein Hundefriedhof war und wo bestimmt die Fuchsmutter herum schlich, um ihre beiden Jungen zu schützen. So lief sie schnell den beiden anderen nach, die schon Eberhard folgten. Das war sehr einfach. Sie mussten den Mann gar nicht sehen, sie hörten ihn deutlich seinen Singsang murmeln und hörten auch weithin das Brechen der Zweige unter seinen schweren Schuhen. Gebückt schlichen sie auf dem schattigen Waldweg hinter Eberhard her. Weit vor sich sahen sie manchmal seinen breiten Rücken in dem grünlichgrauen Overall vor sich auftauchen. Sascha hatte die Führung übernommen. Schließlich war er der Mann hier. Sicherheitshalber hielt er die Hand in der Hosentasche um sein Taschenmesser geballt. Schließlich konnte man nie wissen, was alles so passieren würde. Hinter ihm ging Susanne. Maren bildete die Nachhut. Ganz leise gingen sie. Keiner sprach ein Wort. Sascha ging immer langsamer und hatte sich schon mehrmals nach den Mädchen umgedreht, wohl hoffend, dass endlich eine von ihnen genug von dieser abenteuerlichen Reise hatte. Doch Maren wollte auf keinen Fall die Erste sein, die aufgab, und Susanne fühlte sich jetzt zwischen den beiden so munter und sicher, dass ihr gar nicht die Idee kam, umzukehren.

Immer tiefer ging es in den Wald hinein. Der Mischwald aus Fichten, Kiefern und Linden war inzwischen einem reinen Kiefernwald mit dichtem Unterholz aus jungen Kiefern und Haselgesträuch gewichen. Der Pfad wurde immer schmaler, war bald fast ganz verschwunden. Auch Eberhards breiten Rücken hatten sie seit einigen Minuten nicht mehr gesehen. Plötzlich hörten sie ihn auch nicht mehr. Es wurde still im Wald. Nur ein Eichelhäher krächzte erbost, um die anderen Waldbewohner zu warnen. Sehr vorsichtig, Schritt für Schritt gingen die Kinder weiter.

"Wir wollen jetzt zurück. Nachher finden wir den Weg gar nicht mehr." Susanne brach als erste das angstvolle Schweigen. "Bitte, Maren, wir wollen zurück."

Maren nickte, sie blieb stehen. Noch immer war es still im Wald. Der Eichelhäher hatte seine Warnrufe beendet. Nur in der Ferne hämmerte ein Specht. Eberhards schwerer Schritt hatte so beruhigend geklungen. Da wusste man wenigstens, wo er war. Nun aber konnte er überall sein, konnte er hinter jedem Busch lauern. So richtig lieb sah er auch nicht aus, wer weiß, was der so im Schilde führte. Und was sie hier taten, sie drei, das war ja sowieso total verboten. Wie sie das jemals ihren Eltern erzählen sollten, wussten sie alle drei nicht.
"Wo kann der Mann bloß abgeblieben sein?", überlegte Sascha.
Susanne lief der Schweiß den Nacken herunter. Ihr war nicht nur von der Hitze so warm. Wenn das Mama erfährt, dachte sie, dass wir hinter Eberhard herlaufen.
"Wir gehen zurück!", entschied Maren. Keiner widersprach. Es war doch zu ungemütlich. Leise, auf jeden Schritt achtend, machten sie sich auf den Rückweg. Doch kaum waren sie einige Schritte gegangen, da zuckten sie erschrocken

zusammen. Rechts von ihnen, hinter einer dichten Hecke aus Schlehengesträuch, miaute eine Katze. Sascha bekam eine Gänsehaut. Susanne erstarrte vor Schreck. Nur Maren blieb äußerlich ruhig, obwohl auch sie plötzlich Herzklopfen bekam. Sie ging in die Hocke und versuchte, durch die dichten Zweige zu spähen.

"Habt euch nicht so albern", herrschte sie die beiden anderen an. "Wir wollten den Kater suchen. Und? Was haben wir? Wir haben ihn gefunden. Vielleicht ist ja hier. Also, was wollt ihr?"

Auf allen vieren krochen sie weiter. Das Schlehengesträuch zog sich weit an dem kaum erkennbaren Pfad entlang. Nirgends fand sich eine Stelle, durch die man hindurch gelangen konnte. Sie beschlossen, um das ganze Gestrüpp herum zu kriechen. Irgendwo musste doch eine lockere Stelle, eine Art Eingang sein. Sascha bog vom Pfad ab und suchte an den Seiten.

"Bleibt dicht hinter mir", bat er die Mädchen, "ich glaube da vorne könnte es sein". Er brach erschrocken ab. Kaum zehn Meter entfernt krachte es im Gebüsch. Eberhard zwängte sich mühsam durch die Schlehenhecke. Er murmelte wieder seine geheimnisvollen Sätze in seiner eigenartigen Sprache und stampfte, schwerfällig wie immer, zurück in Richtung der Klinik. Die Kinder konnte er nicht sehen. Sie kauerten hinter einen niedrigen Gebüsch.

Und dann passierte es, das Wunder, auf das sie so lange gewartet hatten, wonach sie so lange gesucht hatten.
Susanne glaubte ihren Augen nicht zu trauen. Unmittelbar vor ihnen kam, fröhlich miauend, ein schwarzer Kater aus dem Gebüsch. Den Schwanz steil in die Höhe gestreckt, trabte er an ihnen vorüber. Die weiße Schwanzspitze fiel den Kindern sofort ins Auge. Der Kater sah sie kurz an, beachtete sie aber nicht weiter und lief hinter Eberhard her. Bald hatte er ihn eingeholt und strich dem Mann um die Füße. Es sah komisch aus, wie der große schwerfällige Eberhard versuchte, vorsichtig aufzutreten, um seinem Kater nicht weh zu tun. Er ging sogar auf

Zehenspitzen und es sah von weitem fast wie eine Zirkusnummer aus. Bevor er um den nächsten Haselnussstrauch verschwand, hob er das Tier hoch.

Susanne sagte, als er verschwunden war:
 "Habt ihr das gesehen? Jetzt lacht nicht nur sein Mund. Auch die Augen sind fröhlich."
Sascha und Maren nickten. Die Angst war verflogen. Sascha war es, der vorschlug, die Hecke jetzt gründlich zu untersuchen. An der Stelle, an der Eberhard herausgekommen war, fand er einen kleinen Durchgang in das Innere des dichten Schlehengebüsches. Für die Kinder war es leidlich passabel, wenn sich auch immer wieder spitze Dornen in ihren Hosen verhakten. Schon nach wenigen Schritten lichtete sich die dichte Hecke und sie standen plötzlich auf einer kleinen, ganz von dichtem Gesträuch umgebenen Wiese, kaum größer als ein Zimmer. "Schau an, das ist ja eine richtige gute Stube!", rief Sascha. In der Mitte ragte eine junge Birke über das Gestrüpp der Hecke hinaus.

Und unter dem Baum? Susanne bekam vor Staunen kein Wort heraus.

"Da hast du deine Katerhöhle." Sascha fand als erster seine Sprache wieder. Unter dem Baum stand eine richtige alte Kaninchenbucht, die Tür weit offen.

"Siehst du, Susi, Katzen sind manchmal doch wie Kaninchen". Maren schaute in die Bucht hinein. Altes Gras lag darin und ein Futternapf, in dem noch ein wenig Wasser war.

Es gab keinen Zweifel. Hier war die Katerhöhle, das war sie. Hier hatte Eberhard den kranken, verletzten Kater gesund gepflegt, hatte ihm Wasser und Futter gebracht. Schon der Geruch überzeugte. Es roch hier eindeutig nach Kater. Einzelne Wurstpellen lagen auch noch herum. Hinter der Kiste vermoderten alte, verschmutze Binden, kaum noch erkennbar. Auch eine leere Tube Rasiercreme lag bei den Binden herum.

"Guck mal", überlegte Maren, "er hat sogar versucht, das Tier zu verbinden."

Sascha kratzte sich über seinen widerspenstigen Haarwirbel. "Sieh einmal an, der Eberhard, hättet ihr das gedacht. Hier hat er den Kater versteckt, solange der verwundet war und als er damals gesucht wurde. Und das ist bestimmt auch die Kaninchenbucht, die dem Opa Scholz geklaut wurde."

Maren drehte die Tube mit der Rasiercreme in der Hand. "Ob er ihm das Zeug auf die Wunden geschmiert hat? Ganz schön komisch, aber geschadet hat es dem Kater ja nicht und Eberhard hat es richtig gut gemeint."

"Papa sagt immer, gut gemeint ist das Gegenteil von wirklich gut. Aber egal. Dem Kater geht`s gut."

"Aber im Winter, wie hat er das denn im Winter gemacht? Wie hat Eberhard das Tier über den Winter gebracht?", fragte Susanne.

"Wer weiß, ist doch jetzt auch egal. Aber Katzen sind doch nicht so empfindlich. Sie liegen gerne am Ofen herum, in der Wärme, aber Schnee schadet ihnen doch auch nicht. Und Eberhard hat es geschafft, ganz alleine. Genau werden wir es wohl nie erfahren. Weder der Kater noch Eberhard können es uns erzählen."

"Er muss sein ganzes Essen mit dem Tier geteilt
haben, und keiner hat etwas gemerkt. Er hat
den Kater bestimmt sehr lieb gehabt."
"Aber eigentlich", überlegte Maren, "eigentlich
ist es doch auch ziemlich schlimm gewesen, dass
er den Kater versteckt hat. Wenn der nun
wirklich die Tollwut gehabt hätte? Aber
Eberhard kann ja nichts dafür. Das mit der
Tollwut, das hat er doch gar nicht verstanden.
Der Kater war doch vor der ganzen Geschichte
schon sein bester Freund und er hat bestimmt
gedacht, dass sein Kater totgeschlagen werden
soll, damals als der den Frank gekratzt hat und
alle Welt ihn suchte."
"Und was machen wir nun?", fragte Susanne.
"Haben wir drei jetzt ein richtiges großes
geheimes Geheimnis oder müssen wir das alles
den Erwachsenen erzählen?"
Maren schlug vor, und sie wurde dabei richtig
ein bisschen feierlich: "Wir wollen das
Geheimnis der beiden achten und niemanden
davon berichten. Es soll unser Geheimnis
bleiben."

Sascha maulte ein wenig: "Was, so eine spannende Geschichte, und nicht einmal Mama darf ich davon erzählen? Das schaffe ich nicht. Ist doch auch nichts dabei, es ist doch jetzt alles gut. Keiner ist zu Schaden gekommen. Und eigentlich sollten die anderen doch auch alle wissen, was für ein guter Mensch der taube Eberhard ist."

"Ja, vielleicht hast du recht, ein bisschen kann man ja erzählen, aber wo die Katerhöhle ist, das braucht doch keiner zu wissen." Maren gab nach. "Und es muss ja auch nicht jeder alles wissen. Würdest du denn dem Kalle Sievert verraten, wie der Kater überlebt hat. Also wirklich, das wollen wir lieber lassen."

So berieten die drei noch eine Weile und waren dabei schon wieder auf dem Weg nach Hause. Sehr stolz waren sie. Fröhlich erinnerten sie sich an die Einzelheiten ihres Abenteuers.

Alles hatte sich so friedlich aufgeklärt. Der Wald war nicht mehr unheimlich und düster, sondern erschien ihnen jetzt freundlich und sonnig. Die dicken alten Bäume bargen nun keine grausamen Geheimnisse mehr, die großen Kronen breiteten schützend ihre Äste und Blätter über den Kindern aus. Sehr still aber war es immer noch im Wald. Sogar der Specht hatte seine Arbeit eingestellt.

Umso größer war der Schreck unserer drei Helden, als sie plötzlich nicht weit vor sich eine schimpfende Männerstimme hörten. Sehen konnten sie noch nichts, dafür war das Haselgesträuch zu dicht. Sie konnten aber deutlich hören, wie der Mann jetzt sagte:
"Das dämliche Katzenvieh, na, da hast du es ja wieder gesund gemacht, dumm und dämlich verstehen sich nämlich, ha, ha! Ohne mich wäre das wohl nichts geworden. Also her mit dem Geld."
Danach war nur Eberhards dumpfes Brummen zu hören. Die Kinder schlichen näher und erkannten jetzt auch die Stimme von Kalle Siewert, den Gärtnergehilfen. Die Kinder hockten sich hinter dichtes Gesträuch. Sascha

robbte ein Stück näher und spähte durch die Büsche.

"Woher weiß der denn etwas von dem Kater?" flüsterte er.

Siewert stand vor Eberhard und machte mit der Hand und den Fingern die unmissverständliche Geste des Geldzählens.

"Gib schon her, du Döskopp, ich weiß, du hörst mich nicht, aber du verstehst schon. Also her mit dem Geld. Heute ist doch der Fünfzehnte! Dein Muttchen war doch hier, hab ich doch gesehen, dein Muttchen hat doch wieder Geld gebracht. Her mit den Scheinchen, sonst ist dein doofes Katzenvieh doch noch geliefert."

Die Kinder hatten sich noch näher heran gepirscht und konnten jetzt alles genau verfolgen. Eberhard brummte traurig und kramte in seinen Taschen. Vor ihm stand breitbeinig Kalle Siewert, anscheinend mächtig betrunken. Sein Gesicht war gerötet, er hatte Mühe, richtig gerade zu stehen, stützte sich auf einen langen Knüppel und schwankte trotzdem leicht hin und her. Der Kater war verschwunden, hatte sich irgendwohin in Sicherheit gebracht. Eberhard schien endlich gefunden zu haben, wonach er suchte. Er hielt Siewert zwei Geldscheine hin. Siewert nahm sie, steckte sie aber noch nicht ein.

"Was, nur zwanzig Eierchen? Muttchen bringt doch jeden Monat dreißig. Her mit dem Rest, oder soll ich dein Katzenvieh doch noch erschlagen?" Er machte eine drohende Bewegung mit seinem Knüppel. Eberhard brummte noch trauriger, suchte wieder in seinen Taschen. Da kam noch einmal ein Geldschein zum Vorschein. Siewert nahm ihn und steckte alles in seine Brusttasche. Dann warf er den Knüppel ins Gebüsch.

"Na siehst du, so ist es brav. Und wir wollen ja auch weiter schön brav bleiben. Denk immer daran, wenn ich dich damals verraten hätte, wäre dein Katerchen längst vermodert. Also dann Tschüs, du großer Dämlack. Bis zum nächsten Fünfzehnten. Und wenn du mich auch kaum hörst, du hast mich ganz gut verstanden, oder?" Siewert schwankte davon.

Eberhard murmelte wieder etwas sehr Trauriges und stampfte langsam hinter ihm her. Das Lachen war längst wieder aus seinen Augen verschwunden, nur der Mund zog sich wie immer von einem Ohr zum anderen, als würde er vor sich hin grinsen.
Die Kinder sagten lange kein Wort.
Als erste fand Susanne die Sprache wieder.
"So eine Gemeinheit", schimpfte sie los. Und im Nu schnatterten alle drei wild durcheinander. Ihre Erregung musste sich Luft machen. Eines war völlig klar, jetzt konnten sie nicht länger schweigen.
Sascha meinte: "Ein Glück, dass der Siewert so besoffen war, dass er uns nicht bemerkt hat. Sonst hätten wir schön die Jacke voll gekriegt. Habt ihr den dicken Knüppel gesehen?"
Und Eberhard würde in zehn Jahren immer noch zahlen", rief Susanne. "Stellt euch das bloß einmal vor. Das ganze Taschengeld! Seit einem Jahr. Keinen Pfennig hat der Schuft ihm gelassen."
"Und mein Vater hat erzählt, dass Eberhard sich

das Rauchen abgewöhnt hat, kein Wunder, wo er doch kein Geld hatte."

Alle drei machten sich auf den Weg nach Hause.

"Wisst ihr", sagte Maren, und sie sprach dabei langsam und wichtig wie eine Erwachsene, "ich glaube, das ist sogar eine Sache für die Polizei."

So, nun ist alles gesagt. Oder wenigstens fast alles.

Am Sonntag hat Frau Samuel extra für die drei Kinder eine Torte gebacken. Eine richtige Ananastorte. Dazu gab`s Himbeersaft. Dann ging die Zeit in Duckwitz für die beiden Schwestern zu Ende. Mit leiser Wehmut verabschiedeten sie sich an der Freitreppe der Klinik von Sascha. Die Sonne schien. Auf den Stufen lag der große schwarze Kater. Die weiße Schwanzspitze zuckte langsam hin und her.

"Mach`s gut, Mörderkater", flüsterte Susi. "lass es dir gut gehen und pass ein bisschen auf Eberhard auf. Und Sascha soll dir einen anderen Namen geben. Denk dir einen schönen aus, Sascha, einen freundlichen."

Sascha nickte: "Wir können ihn ja umtaufen. Im nächsten Jahr, vielleicht kommt ihr ja wieder."
Der Kater miaute, als hätte er alles verstanden und drehte schnurrend seinen Bauch in die Sonne, als wollte er von den Kindern dort gekrault werden. Das traute sich aber doch niemand. Das mächtige Tier flößte ihnen noch immer Respekt ein.

Und unsere Geschichte ist nun zu Ende.
Was, ihr seid noch nicht zufrieden?
Ihr wollt noch lesen, ob der Säufer Kalle Siewert betraft wurde?
Ob Eberhard wieder raucht?
Ob die beiden Schwestern Sascha noch einmal besucht haben?
Ob der Kater umgetauft wurde?
So viele Fragen.

Dafür müsste man ja eine ganz neue Geschichte schreiben.

Ach so, eines hätte ich beinahe vergessen:

Als nach den großen Ferien die Schule wieder anfing, erhielten Maren, Susanne und Sascha gleich am ersten Ferientag ein dickes Lob, welches in das Klassenbuch eingetragen wurde. Jedes Kind an seiner Schule. Die Polizei hatte an die Direktoren der Schulen einen Brief geschrieben.

Darin stand:

Die Polizei bedankt sich bei den Kindern für ihr tapferes und aufmerksames Verhalten, wodurch einem Erpresser sein schlimmes Handwerk gelegt werden konnte.

Am meisten freuten sich Susanne und Maren aber über einen dicken Brief von Sascha. In den Brief lag auch ein Farbfoto. Auf dem Bild war die Freitreppe der Klinik zu sehen.

Auf den Stufen saßen der faule rote Kater Peter und das getigerte Mohrchen mit dem schwarzen

Fleck auf der Brust. Auch Weißpfötchen war zu sehen. Sie war groß geworden und sah schon richtig erwachsen aus. Ganz unten aber, im Gras, lag ein großer schwarzer Kater. Er blickte aufmerksam zum verwilderten Schlosspark und hatte die Schwanzspitze leicht erhoben. Sie war weiß.

Der Doppeldrachen

Ein Drachenkrimi

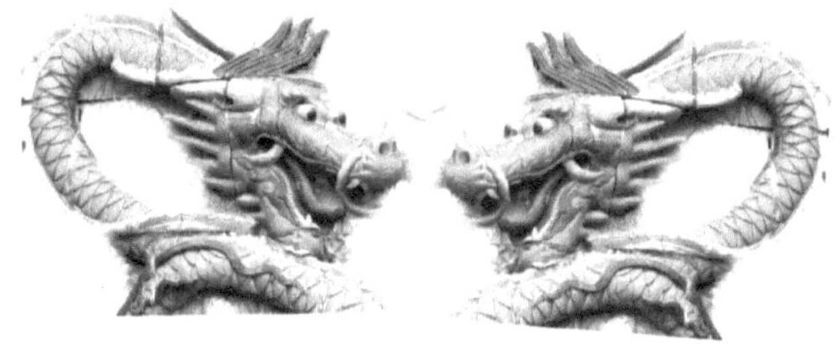

Kennt ihr Uwe? Uwe Mante aus Röcknitz? Wahrscheinlich nicht. Jedenfalls werden die meisten von euch ihn wohl nicht kennen.

Deshalb will ich euch diese Geschichte erzählen. Uwe ist der Held dieser Geschichte. Nein, kein Held mit Pferd und Schwert. Denn unsere Geschichte ist kein Märchen. Sie ist wirklich passiert. So, wie ich sie hier aufgeschrieben habe! Na gut, ehrlicherweise: Sie ist fast so passiert. Ein Geschichtenschreiber muss manchmal ein ganz klein wenig flunkern. Bei den Namen, oder auch bei den Zeiten. Und ein Kindergeschichtenheld muss gar nicht mit Pferd und Schwert kämpfen. Aber er hat natürlich Abenteuer zu bestehen und muss sich auch durch manche Probleme hindurch kämpfen. So wie Uwe, unser Geschichtenheld.

Uwe ist ein Junge. Ein Junge mit blonden Haaren bis über die Ohren und mit einigen wenigen Sommersprossen um die Nase herum. Die hat er aber nur im Sommer, so wie jetzt, drei Wochen vor den großen Ferien. Uwe wohnt in einem Dorf, einem großen Dorf, es ist eher schon eine kleine Stadt. Um diese Stadt fließt in einem schönen runden Bogen ein kleiner Fluss. Die Röcknitz. Gleich hinter der Stadt bekommt die Röcknitz einen dicken Bauch. Das ist der Röcknitzsee. Und dieser See ist Uwes Jagdrevier. Sein Angeljagdrevier. Rund um die Stadt und um den Fluss sind Wälder. Mancherorts reichen sie bis an die Stadt heran. Auch große Wiesen breiten sich aus. Der Fluss durchschneidet die Wiesen und nähert sich auch immer wieder dem Wald. Da, wo der Fluss die Grenze bildet zwischen den Wiesen und dem Wald steht eine Schleuse. Hier fließt der Fluss in seinen dicken See-Bauch.

Hier kann Uwe stundenlang sitzen und seine selbstgebaute Angel mit dem Wurmköder in das Wasser halten. Er sitzt gerne hier, lieber als in der Schule. Er ist nämlich kein Musterschüler. Richtig faul und frech ist er nicht, aber manchmal sind ihm das Angeln oder auch das Herumstromern in den Wäldern mit seinen Freunden wichtiger als die Hausarbeiten. Wie das halt so ist bei Jungen in Uwes Alter.

Und dann sehen die Zensuren auch danach aus. Genau wie bei seinen beiden Freunden. Die gehen mit Uwe in die 6. Klasse: Matthias und Jörg. Matthias ist der größte von den dreien, Jörg der stärkste. Und unser Uwe, na ja, vielleicht ist er ja der Klügste, zumindest nach den Zensuren. Deshalb sind die drei auch befreundet. Jeder hat seine Vorzüge, die das Freundestrio stark machen. Und dann gibt es noch die Susi. Ihr kennt sie schon aus der anderen Geschichte, die mit dem schwarzen Kater. Damals war Susi noch ziemlich klein, erst sieben Jahre alt, jetzt ist sie schon zwölf, also schon richtig groß, aber immer noch ein bisschen schüchtern. Sie sitzt in der Klasse zwei Bankreihen schräg links vor Uwe. Susi hat schöne lange blonde Locken, sie ist genau so groß wie Uwe und guckt ziemlich oft mit ihren blauen Augen schräg hinter sich, ja, dahin, wo Uwe sitzt. Uwe findet Susi schön. Er hat sich in sie verguckt, ja, wirklich, er ist ein bisschen verliebt. Doch, das gibt es. In der 6. Klasse. Deshalb guckt er auch immer zu Susi und kann oft gar nicht mehr weggucken. Muss sie immer ansehen. Aber Susi ist nicht nur schön, sie ist auch ein kluges Mädchen. Und deshalb ist es ihr immer ein bisschen peinlich, dass Uwe sie immer ansieht. Obwohl sie das so für sich ganz schön spannend findet, schon, weil sie sich ja auch gerne zu Uwe umdreht. Aber die anderen in der Klasse, was sollen die denken, findet Susi. Deshalb versucht sie, sich so wenig wie möglich umzudrehen. Aber trotzdem. Ihr wisst ja alle, wie das so ist, die anderen in der Klasse haben doch schon längst gemerkt, woher der Wind weht. Und da sind wir dann ja auch schon mitten in unserer Geschichte.

Freitag. In der großen Pause saßen Uwe, Matthias und Jörg hinter dem Zaun des Schulgartens. Die Holzlatten und hohe grüne Hartriegelsträucher verbargen sie vor ihren Schulkameraden und, was besonders wichtig war, vor den Blicken von Herrn Neubert, der heute die Pausenaufsicht auf dem Schulhof hatte.

Was die drei hier taten, wurde nämlich von den Lehrern gar nicht gerne gesehen.

Die Jungs spielten Messerstich. Sie knieten auf dem Rasen und warfen Uwes nagelneues blitzendes Taschenmesser. Jörg hielt es auf der flachen Hand, wiegte es respektvoll und meinte: "Donnerwetter, das Ding fetzt ja, und wie der Stahl glänzt, mit zwei stehenden Klingen und richtig schwer. Nehmen wir nun die große oder die kleine Klinge?"

"Die große", bestimmte Uwe. "Die kleine brauche ich zum Schnitzen, die muss scharf bleiben." Jörg klappte die große Schneide heraus, legte den Messergriff auf den Rücken der geballten Faust und ließ die Klinge mit gekonntem Schwung zur Erde gleiten. Sie stach in den Rasen ein und blieb federnd stehen. Auch die nächsten Würfe stachen. Beim Saltowurf von der Daumenspitze gab er etwas zu viel Schwung und das Messer klatschte mit dem Griff zuerst auf den Boden. Uwe war dran. Er scheiterte diesmal schon beim Handrückenwurf. Was war los? Das Messerstichspiel war doch sonst sein Paradepferd, heute aber war er nicht recht bei der Sache. Als Matthias sich das Messer nahm, um weiter zu spielen, schielte Uwe schon wieder über dessen Schulter zu den Mädchen hinüber.

"Die machen mich noch ganz nervös mit ihrem Gekreisch", meinte er. "Hoffentlich verpetzen die uns nicht."

Matthias wirbelte das Messer gekonnt in den Rasen. Er zwinkerte Jörg zu, sah dann zu den Mädchen, die sich die Zeit mit einem Schlagball vertrieben und erklärte dann:

"Aber, aber, unsere schöne Susi petzt doch nicht, und wenn sie dich nervös macht, gewinnen wir das Messerspiel. So ist das, mein Lieber."

Uwe fühlte, wie ihm das Blut langsam, aber unaufhaltsam in die Wangen stieg.

Er drehte sich schnell um und tat, als würde er sich wirklich für das Ballspiel der Mädchen interessieren. Während Matthias wieder das Messerstechen begann, erklärte Uwe, nun wieder ganz cool und auch leidlich entfärbt, mit gleichgültig klingender Stimme:

"Es ist ja nicht nur Susi da. Vielleicht petzen die anderen."

Matthias produzierte mit dem Messer eine Bauchlandung. Er wischte die Klinge ab und gab sie an Uwe weiter und grinste. Uwe sah ihm an, dass er sich noch gerne weiter über Susis Vorzüge und seinen plötzlichen Tomatenkopf unterhalten hätte.

"Spielt endlich weiter", forderte er, und Matthias schwieg lieber, schließlich wollte er weiterspielen und Uwe nicht ärgern. Die Freunde wussten ja, dass Uwe empfindlich reagierte, wenn das Gespräch auf die Mädchen kam. Uwe verpatzte jetzt keinen Messerwurf mehr und bekam die Saltowürfe von allen zehn

Fingerspitzen sauber mit der Klinge in die Grasdecke. Erst als er vor dem letzten, spielentscheidenden Stich zu Jörg aufsah, wurde er wieder unsicher. Der starrte nämlich zu den Mädchen und hatte ein Lächeln im Gesicht.

Uwes Wurf wurde prompt ein Patzer. Das Messer wirbelte kraftlos durch die Luft und stach nicht ein.

"Mist", schimpfte er. Dann drehte er sich um. Susi lief auf sie zu. Ihr Ball rollte vor ihr her, direkt auf die drei Messerstecher zu.

"Ihr spielt schon wieder Messerstechen", rief sie. "Lasst euch bloß nicht erwischen."

Jörg reichte ihr galant den Ball entgegen:

"Uns erwischt keiner, wenn ihr uns nicht verpetzt!" Susi winkte ab, streifte Uwes Gesicht mit einem kurzen Blick und lief mit dem Ball wieder davon. Die Freunde sahen ihr nach. An der Gesäßtasche ihrer Jeanshose flatterte ein buntes Tuch.

"Die verliert gleich ihr Taschentuch." Jörg lachte. Da fiel es auch schon zu Boden.

"Susi", brüllte Matthias, "du hast etwas

verloren." Susi reagierte nicht, sie lief weiter, als hätte sie nichts gehört. Vielleicht wollte sie auch nichts hören, weil sie nur wieder einen der üblichen Scherze vermutete.

Da geschah etwas Seltsames. Uwe wusste später auch nicht mehr, was ihn getrieben hatte. Jörg und Matthias hatten ihn angesehen, nein, gegrinst hatten sie nicht, gesagt auch nichts, nur angesehen hatten sie ihn, erwartungsvoll, wie ihm schien, so, als sei er jetzt zuständig für Susi. Er sprang auf, lief zu dem im Gras liegenden Tuch und hob es auf. Da stand er nun. Die Mädchen kümmerten sich nicht um ihn, aber seine beiden Freunde, die behielten ihn erwartungsvoll im Blick.

Susi stand mit dem Rücken zu ihm. Sie war schon wieder in ihr Ballspiel vertieft. Uwe sah zurück. Die Jungs grinsten. Da ging er vorwärts, zu den Mädchen, auf Susi zu. Die sah ihn nicht kommen.

Uwe stand plötzlich vor ihr, hielt ihr das Tuch hin.

"Da, du hast es verloren."

Jetzt bemerkten auch die Mädchen die beiden.
Alle starrten zu ihnen herüber. Susi lief etwas
rosig an.
"Nein, danke, ich habe nichts verloren."
Sie lief einfach davon, rannte zum
Schulgebäude. Es klingelte gerade zum
Pausenende.
Uwe stand mitten auf dem Rasen und kam sich
schrecklich blamiert vor. Susi, die Susi, die er
immer ansehen musste, sie hatte ihn einfach
stehen lassen. Er hielt das Tuch in der Hand,
faltete es zusammen, wieder auseinander.
Ein völlig sauberes Taschentuch. Auf einem
zartblauem Seidengrund tanzten zwei
Drachenköpfe. Sie fauchten aus ihren Rachen
feurige Wolken in die Luft. Ein Doppeldrachen,
dachte Uwe. Er knüllte das Tuch zusammen,
steckte es in die Tasche und machte sich auf in
sein Klassenzimmer.

Jörg und Matthias holten ihn ein. Jörg reichte
Uwe das Messer zurück.
"Prima Messer", sagte er.

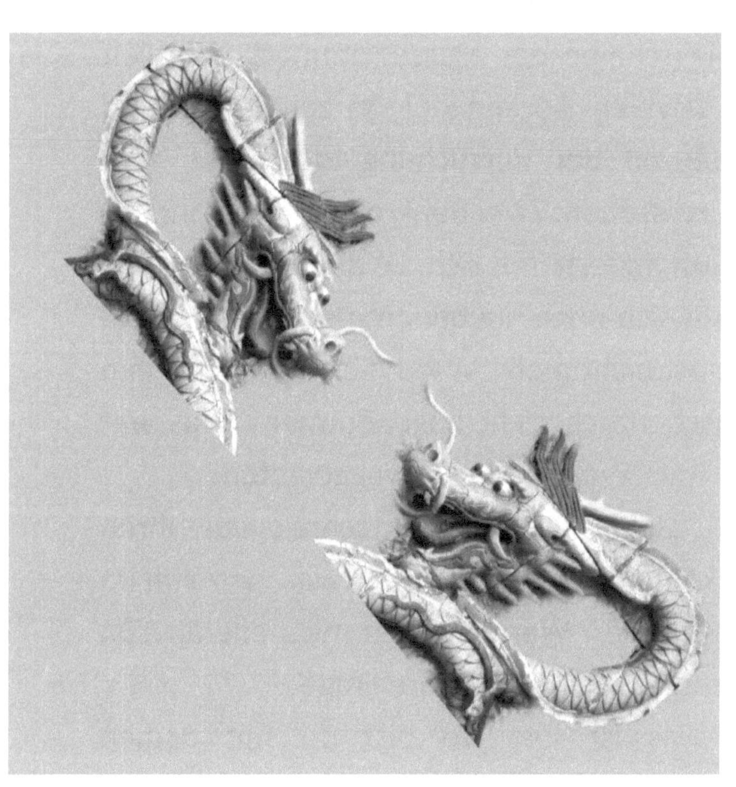

Susi hörte nicht recht hin, was Frau Weber da vorne erzählte. Sie saß in der zweiten Reihe, am Fenster, und starrte gedankenverloren auf die große bunte Papierblume an der Milchglasscheibe des Klassenzimmers. Sie hielt ihren blonden Lockenkopf kerzengerade und kämpfte mit der Versuchung, den Kopf nach hinten zu drehen. Zwei Bankreihen hinter ihr saß Uwe. Susi haderte mit sich. So dumm und albern hatte sie sich noch nie benommen. Sie verstand sich selbst nicht mehr. Warum bloß habe ich ihm das Taschentuch nicht abgenommen? Was war los mit mir? Warum bin ich weggelaufen?

Marion stieß sie an. Susi schrak aus ihren Gedanken auf. Was war los? Es war ganz still im Klassenzimmer. Warum sehen mich alle an? Da wiederholte Frau Weber ihre Frage:

"Susi, was ist los, wo bist du mit deinen Gedanken, komm bitte an die Tafel. Schreib den Antwortsatz auf."

Langsam stand Susi auf und ging nach vorne. Hilflos blickte sie in die Gesichter ihrer Mitschüler. Frau Weber zog die Stirn in Falten:

"Sag mal, träumst du?" Frau Weber rief Marion
auf.

"Und du setz dich hin, Susi. Marion komm und
hilf deiner Nachbarin. Oder habt ihr beide
geträumt?"

Susi ging an ihren Platz zurück. Ihr Blick streifte
Uwe. Mit gefurchter Stirn saß der in seiner Bank
und guckte in sein Heft. Susi war Luft für ihn.

Ich werde mich in der Pause bei ihm
entschuldigen, beschloss Susi. Ich werde sagen,
dass ich das Tuch nicht gleich erkannt habe.
Oder soll ich lieber die Wahrheit sagen?

Aber was ist die Wahrheit? Susi wusste es nicht.
Aber trotzdem, nachdem sie den Entschluss
gefasst hatte, wurde ihr etwas leichter. Aber die
Stunde zog sich hin. Entschuldigen war ja
vielleicht gut und schön. Aber wie? Susi sah in
Gedanken schon Kerstins und Marions
neugierige Blicke.

Als es klingelte, musste sie erst einmal tief Luft
holen, so klopfte ihr Herz. Frau Weber
verabschiedete sich. Es hilft nichts, sagte sich

Susi. Sie drehte sich rasch um und wollte auf Uwe zugehen. Der hatte sich in seiner Bank herumgedreht zu Kerstin. Er wendete Susi den Rücken zu. Seine blonden Haare berührten fast Kerstins Schulter, so eifrig war er dabei, dem Mädchen sein neues Messer zu zeigen.

Susi zögerte, ging noch einen Schritt weiter, drehte dann aber ab. So ein Angeber, dachte sie. Ich werde mich nicht entschuldigen, soll er sich das Taschentuch doch sauer einlegen. Ich brauche es nicht. Oder soll er es Kerstin schenken. Sie ging an ihren Platz zurück.

Bevor sie sich setzte, blickte sie kurz nach hinten. Uwe und Kerstin hielten immer noch die Köpfe zusammen. Wie albern sie sind, ärgerte sich Susi. Da klingelte es schon zur nächsten Stunde.

Sonntag. Es war so heiß wie die Tage zuvor. Kaum ein Lüftchen regte sich. Die Sonne schien fast auf die Erde zu fallen, so schwer lastete eine brütende Hitze über dem Wald.

Spiegelglatt lag der See. Es roch nach altem Schilf und morastiger Erde. Selbst die alten Bretter des kleinen schiefen Bootssteges waren so heiß, dass man sich kaum mit nackten Füßen daraufstellen konnte. Die Pose stand unbeweglich auf der glatten Wasserfläche. Uwe hatte einen Fuß auf seine Angelrute gestellt und langweilte sich. Kein Fischwetter, dachte er. Seit einer Stunde nicht einen einzigen Biss. Nachmittags haben die Fische auch Ruhetag. Er zog die Sandalen aus, setzte sich an den Rand des Steges und hielt die Füße ins Wasser. Egal, dachte er, die Fische stört das auch nicht, wie soll es sie stören, wenn keine da sind.

Plötzlich war hoch über ihm ein Sausen in der Luft. Weit auf dem See klatschte etwas ins Wasser. Erschrocken drehte Uwe sich um.

Wieder pfiff es durch die Luft und wieder hörte er weit draußen das Klatschen.

Der Wald reichte hier bis ans Ufer, die ersten Nadelbäume standen gleich hinter dem schmalen Schilfsaum des Sees. Das Ufer stieg steil zum Wald hin an. Uwe durchforschte mit seinem Blick das Unterholz. Da entdeckte er auf einem Baumstumpf Matthias. Der schlenkerte ein Katapult in der Hand und lachte. Uwe ärgerte sich:
"Bist du verrückt?" Du verjagst mir doch die Fische. Idiot."
Matthias nahm die Beleidigung gelassen hin. "Heute beißt sowieso keiner, kein Fischwetter. Gib`s auf."
Er zog den festen Gummi seines Katapultes aus. "Guck mal, ein neues Katschi, ich hab von Onkel Heinz einen alten Autoreifen bekommen, richtig gutes Katschigummi." Uwe probierte ebenfalls den Gummizug. Er reagierte seinen Ärger ab, schließlich konnte er kaum zugeben, dass er einen tüchtigen Schreck bekommen hatte.

"Dein Onkel muss doch nicht gesund sein, dir Katschigummi zu geben. Ein Katschi! Für einen Elfjährigen."

" Was willst du?" Matthias fiel im ins Wort.

"Dein Vater kauft dir sogar ein Taschenmesser. Mit stehenden Klingen. Was ist denn nun gefährlicher? Außerdem hat mir Onkel Heinz den Autoreifen nicht gegeben, ich habe ihn gefunden, habe ihn weggefunden. Der lag da so rum." Uwe hatte keine Lust, weiter zu streiten, es war ja auch egal, und außerdem war es viel zu heiß. Er zog die Angel ein, wickelte die Schnur auf.

Matthias macht Zielübungen auf die dicke Kiefer mit der abgebrochenen Krone. Er hatte die Hosentasche voller Munition: Lauter schöne runde Kieselsteine.

Als er wieder zum Wald sah, erstarrte er. Dort stand, urplötzlich, ein Reh, kaum zwanzig Meter entfernt. Es ließ den Kopf hängen und rührte sich nicht. Matthias wurde ganz aufgeregt.

"Mann", flüsterte er, "eine richtige Jagdbeute."

Ohne lange zu überlegen, legte er einen Kiesel in die Lederlasche seines Katapultes und zielte auf das Tier. Uwe sprang auf und brüllte:
"Hör auf, du spinnst wohl, nicht schießen!"
Es war zu spät. Der Stein schoss auf das Tier zu, das Reh machte einen Satz zur Seite, lief ein paar Schritte und blieb wieder stehen. Die Jungen sahen sich an. Matthias schämte sich:
"Mein Gott, ich wollte doch gar nicht treffen", bekannte er.

Vorsichtig gingen sie auf das Tier zu. Matthias steckte das Katapult in die Tasche. Das Reh lief jetzt einige wenige Schritte weiter.
"Ist das vielleicht ein zahmes?", überlegte Uwe. "Vielleicht gehört es ja dem Förster. Da haben wir ja was Schönes angerichtet." Ihm wurde ganz schlecht bei dem Gedanken, was da so auf sie zukommen würde. Als sie dicht an das Reh herangekommen waren, ließ das Tier den Kopf noch weiter sinken. Am Hals zeigte sich ein dünner Rinnsal Blut, der aus einer kleinen Platzwunde kam. Das Reh machte keine

Anstalten, zu fliehen. Die schwarzen Augen blickten trübe.

"Das ist ja krank", flüsterte Matthias. Er kniete nieder und untersuchte den Hals des Rehes. Der Stein hatte gleich hinter dem Kopf das Fell aufgerissen. Fliegen surrten um die Wunde und krochen um die Augen und Nüstern. Aus dem Maul lief ein dünner Speichelfaden.

"Es ist ganz betäubt von dem Schuss. Junge, Junge, was hast du bloß angerichtet!"

"Erzähl doch keine Märchen", wehrte sich Matthias. "Von so einem kleinen Stein..." Dann schwieg er lieber.

"Wir müssen es verbinden", schlug Uwe vor. Sie blickten sich an. Womit denn verbinden? Uwes Faust krampfte sich in der Tasche um das Taschentuch, das schöne saubere bunte Taschentuch mit dem Doppeldrachen.

Das Tuch von Susi. Er hatte es mitgenommen und betrachtete es jetzt, nach dem Streit mit Susi als sein Eigentum, als seine Trophäe und er hatte eigentlich vor, es in seine geheime Schatzkiste zu legen, in der sich schon einige weitere bemerkenswerte Dinge befanden, der bunte Stein mit dem Loch in der Mitte oder auch die Seeadlerfeder, die er im vorigen Sommer gefunden hatte. Aber was soll`s, Susi wollte ihr Tuch nicht mehr und jetzt gab es erst einmal Wichtigeres.

Er zog entschlossen das Tuch hervor, faltete es zu einem Verbandpäckchen und drückte damit auf die blutende Wunde.

"Hast du was zum Festbinden?", fragte er Matthias. Der reichte ihm eine Schnur aus dünnen Papierband, das er in seinen Taschen fand. Uwe wickelte es um Tuch und Hals des Tieres. Es wird wohl bald abfallen, spätestens, wenn das Band nass wird, dachte er. Aber dann hat die Wunde bestimmt auch schon aufgehört zu bluten.

Matthias streichelte das Reh. Uwe gab ihm einen Klaps auf den Rücken.

"Nun hau schon ab, du. Und werde schnell gesund." Das Reh blickte sie nicht an. Schritt für Schritt zog es davon, den Kopf hielt es immer noch gesenkt. Lange sahen die Jungs ihm nach.

Montag früh. Susi war auf dem Weg zur Schule. Sie ging immer langsamer, denn vor ihr ging Uwe. Der tat, als hätte er noch viel Zeit bis zum Schulbeginn, schlenkerte seine Tasche umher und stolzierte vorneweg, als würde er überhaupt nicht einmal ahnen, dass zwanzig Schritt hinter ihm Susi war. Man musste denken, dass die parkenden Autos auf der anderen Straßenseite wirklich viel interessanter als die hübsche Susi waren. Der wurde das Theater langsam zu viel. Schließlich konnte sie ja nicht immer langsamer und langsamer gehen, bloß weil dieser Dickschädel vor ihr offenbar viel Zeit hatte und weil sie selbst sich ein wenig vor dem Zusammentreffen mit Uwe scheute. Sie gab sich einen moralischen Ruck, schloss zu Uwe auf, war bald Seite an Seite mit ihm.

Schuld ist Schuld, sagte sie sich, mal muss man sich ja entschuldigen.
"Also, Uwe, das Tuch war doch meines, ich weiß nicht, warum ich mich so komisch benommen habe." Susi verzichtete auf einen

Gutenmorgengruß. "Ich, na ja, es war meine Schuld."

Uwe war entschlossen, keinen Ton von sich zu geben.

"Weißt du, als alle so zu uns herüber geguckt haben am Freitag, als du mir das Tuch geben wolltest...", versuchte sich Susi weiter an einer Entschuldigung.

Uwe blieb stur, er ließ Susi reden. Die gehörte eigentlich durchaus nicht zu den Schüchternen. Jetzt aber wünschte sie doch, das dieser Holzklotz neben ihr es ihr nicht so schwer machen würde.

Sie schwieg.

Stumm gingen sie nebeneinander her. Dann brach Susi als erste wieder das Schweigen.

"Also gut. Bitte entschuldige, dass ich dich so schlecht behandelt habe. Und nun gib mir mein Taschentuch wieder."

Jetzt erst sah Uwe das Mädchen an. Susi war sehr rot geworden. Ihre Augen schimmerten verdächtig. Da wurde es Uwe ganz weich zumute. Plötzlich wusste er wieder, dass dieses

Mädchen die Susi war, die er in der Unterrichtsstunde minutenlang ansehen konnte, mit der er gern zusammen sein wollte, beim Angeln, beim Lauftraining im Stadion, im Kino vielleicht sogar. Sein Stolz war verflogen. Seine Antwort war jetzt fast ein wenig schüchtern.

"Ich habe das Tuch nicht mehr. Es ist..., es ist im Wald geblieben."

"Im Wald, wie denn im Wald?", wunderte sich Susi. "Aber es ist auch egal, ich brauche es ja nicht." Susi spürte, wie wieder Frieden in Uwes Gemüt einzog, und nur darum ging es schließlich.

"Ich habe noch so ein Tuch. Mutti hat sie mir geschenkt. Sie hat sie vor ein paar Jahren von einer Reise nach China mitgebracht."

Uwe hörte kaum hin. Er dachte wieder an das Reh, dass Matthias angeschossen hatte.

"Susi, dein Tuch haben wir für ein Reh genommen. Das Reh hatte eine Wunde und wir mussten es verbinden."

"Wir? Wer ist denn wir?"

"Matthias und ich. Matthias hat geschossen,

aus Versehen", flunkerte Uwe ein wenig.

"Geschossen?", fragte Susi entsetzt. "Womit habt ihr den geschossen?"

Uwe erzählte jetzt die ganze Geschichte. Von dem Katapult. Von dem Reh. Von der Halswunde. Von dem Verband. Von dem eigenartigen Zustand des Tieres.

"Aber bitte sag das keinem", bat er das Mädchen.

Susi schüttelte nur den Kopf. Was Jungs so anstellten. Aber petzen, nein, das gab es bei ihr nicht.

"Schade um das Tuch. Aber die Geschichte am Freitag? Die vergessen wir, bitte!"

Uwe nickte. Er war mit einem Mal glücklich. Reh und Tuch und Katapult und Streit, alles trat weit zurück und war gar nicht mehr richtig wahr, war überhaupt nicht mehr wichtig.

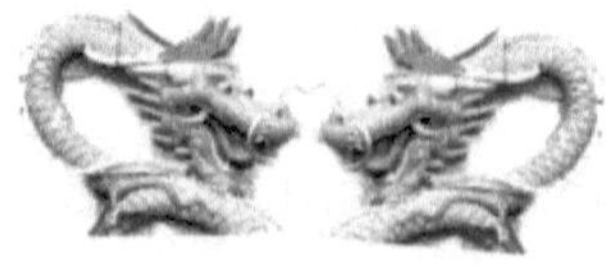

Dienstag morgen. Der Tag versprach wieder sehr heiß zu werden. Noch war es aber frisch und auf dem Gras lag ein wenig Tau von der Nacht. Quick genoss den Waldspaziergang mit Opa Schmitt. Der ließ den kleinen Hund frei laufen. Er stöberte im Unterholz herum, entzifferte mit seiner Nase die Botschaften, die andere Vierbeiner am Wegesrand für ihn hinterlassen hatten und spürte erregt den Düften von Hasen, Mäusen und anderen Beutetieren nach. Opa Schmitt ließ ihn machen. Natürlich wusste er, dass ein Hund nicht frei im Wald herumlaufen durfte, aber einem Wild hinterher zu hetzen, dafür war Quick viel zu alt und auch schon ein wenig lahm in den Hüften.

Opa Schmitt fuhr hin und wieder mit der Hand durch die Luft, um die surrenden Fliegen zu verjagen. Sein Angelzeug lag über der Schulter. Er ging den Schlangenpfad durch den Wald zum See und freute sich schon auf sein schattiges Plätzchen unter der großen Trauerweide, wo er seinen kleinen Falthocker hinstellen, das Pfeifchen hervorholen und die Angel ins Wasser legen wollte. Die Fische bissen um diese Jahreszeit eigentlich sowieso nicht so recht, das wusste er. Die hatten jetzt Wichtigeres zu tun, als sich um Angelhaken zu kümmern. Aber vielleicht ging ihm ja doch ein dummer Barsch oder eine gefräßige Rotfeder an den Haken.

In solche Anglergedanken versunken, merkte Opa Schmitt nicht, dass Quick stehen geblieben war. Er schien sich plötzlich gar nicht mehr für die interessanten Gerüche am Wegesrand zu interessieren, sondern stand reglos vor einer dichten Haselstrauchhecke und starrte hinein. Einen Vorderlauf hatte er angehoben, als sei die Erde hier plötzlich zu heiß geworden. Aufgeregt schaute er seinem Herrn nach und winselte leise. Als Opa Schmitt ihn immer noch nicht beachtete, kläffte er kurz. Es klang fast wie ein Hilferuf. Jetzt stutzte Opa Schmitt. Er verstand die Sprache seines Hundes gut. Was hatte der Hund nur?

"Quick, komm, zurück, hierher!"

Wird wohl wieder eine Maus oder eine Eidechse sein, die den Hund so beschäftigt, dachte er noch. Der Hund hörte nicht auf ihn. Er bellte wieder und stand noch immer wie angewurzelt. Was blieb seinem Herrchen übrig. Er ging zurück. Quick winselte leise. Opa Schmitt guckte. Es war nichts zu sehen. Oder doch? In vielleicht dreißig Metern Entfernung hing eine kleine Wolke Fliegen in der Luft. Auch dicke grüne Schmeißfliegen surrten wie kleine Kugeln durch die Gegend. Und was war das für ein Geruch? Süßlich roch es hier, schwach, aber vernehmlich. Opa Schmitt ging langsam auf die Fliegenwolke zu, bog die Busche auseinander. Quick wollte jetzt vorwärts stürmen.

"Halt!", befahl sein Herr. "Sitz!" Er hob die Hand. "Sitz!". "Oder es setzt was!", fügte er noch hinzu.

Das kannte Quick. Wenn sein Herr in diesem Ton mit ihm sprach, hatte man zu gehorchen, sonst konnte es ungemütlich werden, dann war mit ihm nicht zu spaßen.

Sein Herr trat noch einen Schritt näher. Da lag, umsurrt von Fliegen, überlaufen von Ameisen, ein Reh. Es war tot. An seinem Hals, gleich hinter dem Kopf, war mit braunem Band ein buntes Tuch befestigt, wohl ein Taschentuch. Es hatte sich halb gelöst und teilweise geöffnet. Auf hellblauen Grund erkannte Opa Schmitt den Kopf eines Drachen, feuerspeiend und tanzend.

Eine Stunde später schrillte in der Tierarztpraxis das Telefon. Es war 10.00 Uhr. Dr. Behrenburg wollte sich gerade zu einem Auswärtstermin bei einem kranken Pferd aufmachen, welches nach Meinung seines Besitzers nicht recht fressen wollte. Unwillig nahm er den Hörer ab.
"Behrenburg."
"Guten Morgen, hier Heine, Hygieneinspektion."

Behrenburg stöhnte leise. Die Hygiene. Das konnte nichts Gutes bedeuten. Er lauschte aufmerksam auf die leise Stimme im Telefonhörer.

"Der Rentner Schmitt hat im Wald ein verendetes Reh gefunden. Allen Anschein nach war es entweder krank oder verletzt gewesen. Die Ursache ist unklar. Weshalb ich aber anrufe: Offenbar hatte es vor seinem Ende Kontakt mit Personen. Die Umstände sind irgendwie seltsam, auf jeden Fall verdächtig. Wir werden es einschicken müssen. Können Sie sich das einmal ansehen?" Heine beschrieb noch genauer alles, was er bisher wusste. Dr. Behrenburg sagte zu, was sollte er auch machen. Das kranke Pferd musste warten.

Um 11.00 Uhr stand der Tierarzt vor dem toten Reh. Er zog sich lange Gummihandschuhe über und kämpfte gegen die Übelkeit an, die ihn überkam, als er den Kadaver vorsichtig in den großen festen Plastesack schob. Aufmerksam besah er sich das bunte Tuch am Hals des Tieres. Ein Kindertaschentuch. Kein Zweifel. Da hatte jemand versucht, eine kleine Wunde zu verbinden. Womöglich waren es Kinder. Er schüttelte den Kopf. Wie oft hatte er schon in Schulen und auch in Ferienlagern bei Vorträgen darauf hingewiesen, dass Wildtiere nicht angefasst werden sollten. Aus verschiedenen Gründen. Die Erfahrung sagte ihm, dass dieses Reh keineswegs an der kleinen Halswunde gestorben war. Das Tier musste vorher schon ziemlich krank gewesen sein. Immer wieder gab es unvorsichtige oder uneinsichtige Kinder und auch Erwachsene. Dr. Behrenburg zog die Handschuhe aus und warf sie mit in den Plastesack. Der musste heute noch in die Kreisstadt ins Veterinäramt.

Sein Gehilfe zog den Spezialverschluss zu und verschnürte das gefährliche Paket sorgfältig. Kein Stäubchen, kein Tropfen durfte heraus sickern. Der Tierarzt prüfte die Verpackung. Es war alles in Ordnung. Das bunte Kindertaschentuch schimmerte durch die Hülle. Ein Doppeldrachen.

Hoffentlich ist das Tier nicht an der Seuche

gestorben, dachte Behrenburg, während der Kadaver fortgetragen wurde. Nun, der Befund würde sehr bald feststehen. Wenn er positiv war, wenn das Tier wirklich die Tollwut hatte, was dann? Dem Besitzer des Doppeldrachentuches würde eine furchtbare, eine tödliche Gefahr drohen. Gewiss, die Krankheit war selten, sehr selten geworden in Deutschland. Seit Jahren hatte man keinen Fuchs mehr gefunden, der erkrankt war und die Tollwut verbreiten konnte, aber noch immer waren die zuständigen Stellen, die Hygieneinspektionen und Veterinärämter in Alarmbereitschaft.

Der Tierarzt stieg wieder in sein Auto. Der Doppeldrachen ging ihm lange nicht aus dem Sinn. Wie ein Symbol der schrecklichen Seuche kam er ihm vor.

Donnerstag. Zwei weitere Tage waren vergangen. Susi und Uwe hatten ihren Streit beigelegt und waren Freunde geworden. Susi nahm Uwe heute sogar nach Hause mit.

Sie wollten Briefmarken tauschen und Musik hören. Susi hatte wirklich wunderschöne Marken. Auf schwarzen Albumseiten leuchteten unter dünner, durchsichtiger Folie unzählige bunte Bildchen. Sogar aus fernsten Ländern waren Marken dabei. Uwe hatte vorher gar nicht gewusst, dass es so viele Länder gab. Andorra, Nepal, Sri Lanka, San Marino. Uwe kannte nicht einmal die Namen, nun stellte sich heraus, dass es richtige Länder waren. Susi zeigte ihm auf ihrem Globus, wo sie lagen.

"Einhundertundsechs", sagte sie stolz. Einhundertundsechs Länder habe ich schon. Es gibt aber noch viel mehr, über zweihundert gibt es. Ich will versuchen, aus jedem Land der Welt Marken zu haben." Uwe staunte. An einen Briefmarkentausch war aber nicht zu denken. Uwes Sammlung war viel zu klein, er hatte keine

Tauschobjekte, die er anbieten konnte. Seine Ohren waren schon ganz rot vor Aufregung.

Als Susi heimlich zwei japanische Marken in sein Album hinein schummeln wollte, wurde er vor Freude ganz verlegen. Es war aber nicht nur die Freude über die Marken. Da war er also jetzt hier bei Susi zu Hause, bei dem Mädchen, dass er immer ansehen musste, bei der er oft sekundenlang gar nicht weggucken konnte. Bei der er die blauen Augen mit den langen Wimpern so wunderschön fand, der er am liebsten die langen blonden Locken gekämmt hätte. Wie schön, wie aufregend.

Schnell verging die Zeit. Susi hatte ihre CD mit den Liedern der Abbas aufgelegt. Sie schwärmte für die Musik dieser schwedischen Gruppe, Uwe fand die Lieder auch ganz passabel.

Es war bald 18.00 Uhr. Jeden Donnerstagabend ging er zum Leichtathletiktraining. Da durfte er nicht zu spät kommen. Sie begannen, ihre Sachen aufzuräumen, als Susis Mutter ins Zimmer kam.

"Na, Uwe, willst du schon gehen?" Frau Kallesch

setzte sich an den Tisch. Sie hielt eine Zeitung in der Hand und sah sehr ernst aus.

"Hört mir bitte einmal gut zu." Dann las sie aus der Zeitung vor: Gesucht wird dringend eine Person, die im Röcknitzer Wald Kontakt mit einem Reh hatte und das Tier mit einem Taschentuch verbunden hat. Auf dem Tuch ist ein feuerspeiender doppelter Drachenkopf dargestellt. Wer kennt Personen, die im Besitz solcher Tücher sind? Für die gesuchte Person bestehen ernsthafte gesundheitliche Gefahren. Bitte melden Sie sich dringend bei der Hygieneinspektion, beim Hausarzt oder bei der Polizei. Es wird darauf aufmerksam gemacht, dass die Angelegenheit keinerlei Aufschub duldet.

Susis Mutter schwieg. Uwe war blass geworden. An das Reh hatte er überhaupt nicht mehr gedacht. Und jetzt so etwas. Er musste unbedingt zu Matthias. Der war sicherlich schon beim Training. Schnell stand er auf.
"Ich muss gehen". Er wollte Susis Mutter zum

Abschied die Hand geben, aber die bemerkte ihn gar nicht. Er fing Susis verzweifelten Blick auf und schüttelte ganz leicht den Kopf. Susi musste unbedingt schweigen.

"Zeig mir doch einmal deine beiden Drachentücher", befahl Susis Mutter. Susi ging an ihren Schrank, kramte hinter der geöffneten Tür lange herum. Dann holte sie eines ihrer Tücher heraus, zeigte es vor und sagte:

"Ich habe nur noch eins, ich muss wohl das andere verloren haben."

Frau Kallesch sah ihre Tochter aufmerksam an. Uwe nutze die Gelegenheit.

"Auf Wiedersehen, aber ich muss jetzt gehen. Mein Training hat schon angefangen."

Er verließ das Zimmer. Bevor er die Tür zumachte, sah er noch einmal Susi an. In den Augen des Mädchens erkannte er eine Frage, eine große Unsicherheit. Hoffentlich hält sie dicht, dachte er noch. Dann rannte er los.

Der Sportplatz lag mitten im Wald, neben dem Röcknitzsee. Das Training war schon voll im Gange. Uwe sah Matthias, der sich auf dem

Rasen warmlief, schon von weitem. Herr Winter, der Übungsleiter, winkte Uwe heran.

"Was ist los, warum kommst du spät? Wenn das Training um 18.00 beginnt, dann heißt das, dass du um 18.00 Uhr auch deine ersten Runden drehst und nicht, dass du zehn Minuten später hier angeschlendert kommst." Das war der Lieblingssatz von Herrn Winter. Uwe war das heute fast egal. Er hatte andere Sorgen. Es war ihm sowieso nicht möglich, richtig zu trainieren. Nach ihm wurde überall gesucht, sogar schon über die Zeitung. Sicherlich war auch die Polizei schon informiert. Und das alles wegen Matthias und seinem blöden Katschifimmel.

"Ich kann heute nicht mitmachen", log Uwe. "Matthias Vater schickt mich, ich soll Matthias abholen." Herr Winter brummte unwillig:

"Auch das noch. Und wie wollt ihr dann bei den Kreismeisterschaften aussehen?" Er winkte Matthias heran.

"Zieh dich um, du sollst nach Hause kommen!"

"Was ist denn los?", wollte der wissen. Uwe log weiter: "Ich weiß nicht, aber dein Vater will dich sprechen."

Als Matthias umgezogen war und sie außer Hörweite von Herr Winter waren, sprudelte alles aus Uwe heraus:

"Matthias, wir werden gesucht."

Und dann erzählte er alles. Das Reh war tot. Das Drachentuch war gefunden worden. Über die Zeitung wurden die Besitzer gesucht. Susi wusste Bescheid. Susis Mutter vermisste die Drachentücher.

"Aber ich hab das Reh doch gar nicht erschossen", wehrte sich Matthias. " Du hast das doch gesehen, das Tier war doch vorher schon krank."

Die beiden Jungen setzten sich ins Gras.

"In der Zeitung steht, sie suchen den, dem das Tuch gehört. Wir sind in Gefahr, heißt es. Wir sollen uns bei der Polizei melden."

Matthias sprang auf:

"Was denn für Gefahr? Bist du verrückt? Willst du mich verpetzen? Die kriegen doch nie raus, wem das Taschentuch gehört. Ich stelle mich doch nicht bei der Polizei, bloß weil ein Reh gestorben ist."

"Susis Mutter hat uns die Zeitung vorgelesen. Und sie sagt, es gibt wahrscheinlich in der ganzen Stadt nur zwei Tücher mit einem Drachen. Sie hat sie vor vielen Jahren einmal aus China mitgebracht."

Matthias war ratlos. Dan rief er:

"Dann muss Susi eben schweigen, muss alles abstreiten. Lauf hin. Sag ihr das. Ihr seid ja sonst immer so verliebt. Was musst du das Vieh auch noch verbinden. Und dann noch mit diesem Taschentuch. Alles nur, weil deine Susi, diese blöde Gans, sich damals so komisch aufgeführt hat mit dem Taschentuch."

Matthias sah plötzlich Sterne. Uwe hatte voll zugeschlagen, mitten in Matthias Gesicht.

"So, das ist für die blöde Gans. Du brauchst Susi nicht zu beleidigen. Und verliebt sind wir auch nicht. Aber du, du bist ein Feigling."

Matthias schlug zurück. Wie die Wilden gingen sie aufeinander los. Ihre Freundschaft war vergessen. Erst als beide die Hände voller Blut hatten, das aus Uwes Nase tropfte, hielten sie inne. Matthias schämte sich. Beide gingen nebeneinander zum See hinunter, um sich zu waschen. Uwe brannte die Nase wie Feuer. Aber er sagte keinen Ton. Auch Matthias schwieg. Grußlos gingen sie auseinander.

Herr Meinel, der Hygieneinspektor, wusste sich keinen Rat mehr. Am Donnerstag war das Inserat in der Zeitung erschienen. Heute war Freitag. Nur eine Frau Kallesch hatte gestern Abend noch angerufen und ihm erklärt, dass das Taschentuch möglicherweise ihrer Tochter gehört habe, die hätte es aber wohl schon vor langer Zeit verloren. Die Zeit war kostbar. Es gab inzwischen keinen Zweifel. Das Reh war krank gewesen. Es hatte wirklich die Tollwut gehabt. Der Mensch, der das Tier verbunden hatte, konnte sich angesteckt haben. Er schwebte in höchster Gefahr. Es musste wirklich alles unternommen werden, ihn zu finden. Aber wie? Der Weg zu diesem Menschen führte über den Doppeldrachen. Soeben hatte Herr Meinel die beiden Schulen der Stadt angerufen. Doch die Schule war längst zu Ende. Die Lehrer konnten frühestens morgen früh die Kinder informieren. Vorher war nichts mehr zu machen. Inzwischen war er überzeugt, dass es Kinder waren, die das Tier verbunden hatten. Nein, das passte nicht zu einem Erwachsenen, dachte er. Er nahm wieder den Hörer ab, wählte die Nummer des Krankenhauses, ließ sich mit der Tollwutberatungsstelle verbinden. Dr. Winter meldete sich.

"Hallo, Kollege Meinel, haben Sie Arbeit für uns?" Herr Meinel berichtete dem Arzt sein Problem. Der schwieg lange. Dann hörte Meinel wieder seine Stimme.

"Ihnen brauche ich ja nichts zu erzählen. Es wird

langsam höchste Zeit, wenn wir mit der Schutzimpfung nicht zu spät kommen wollen. Eine Tollwut beim Menschen! Das wäre ja wirklich das Allerletzte, was wir gebrauchen können, haben wir in Deutschland seit vielen Jahren nicht mehr gehabt. Hat auch noch keiner überlebt. Leider. Alarmieren sie doch auch die Polizei. Also ich weiß Bescheid. Wir halten uns bereit."

Es war inzwischen Abend geworden. Meinel wollte aber noch nicht nach Hause gehen. Die Hoffnung, es könnte doch noch eine Lösung geben, hielt ihn in seiner Dienststelle fest. Draußen strahlte trotz der späten Stunde noch immer hell und warm eine fröhliche Sommersonne. Viele Kinder würden noch draußen sein, beim Fußball, in der Badeanstalt, auf dem Volleyballplatz.

Herr Meinel öffnete das Fenster. Sein Dienstzimmer lag im dritten Stockwerk eines großen Gebäudes. Er konnte weit über die Dächer der halben Stadt sehen. Irgendwo dort, in irgendeinem Haus lebte ein Mensch, ein Kind vielleicht, das er finden musste, das sonst wohl verloren war.

Was sollte er tun?

Was konnte er noch tun?

Er schloss das Fenster, nahm jetzt doch seine Tasche und verließ den Raum. Langsam stieg er die Treppe hinunter.

Als er aus der Haustür trat, rannte ihn ein Mädchen fast um. Hübsches Mädchen, dachte Herr Meinel, die hat ja prachtvolle blonde Locken. Und eilig hat sie es. Er lächelte ihr zu und ging weiter. Solche netten Kinder gibt es, dachte er noch. Und vielleicht ist eines von ihnen in Gefahr und ich kann nicht helfen.

Erst als er um die Hausecke biegen wollte, blieb er erschrocken stehen. Wenn das Mädel nun zu ihm wollte? Er lief schnell zurück, rannte fast die Treppen wieder hoch.

Und richtig! Sie stand vor seinem Amtszimmer, studierte die Tafel mit den Öffnungszeiten und klopfte an.

Herr Meinel blieb hinter ihr stehen und sagte fröhlich:

"Herein!" Das Mädchen drehte sich um. sie sah ganz verstört aus. "Ich wollte zur Hygieneinspektion."
"Und ich bin der Hygieneinspektor. Guten Tag."
Das Mädchen reichte ihm die Hand, blickte ihn an und sagte:
"Ich bin Susi Kallesch. Ich komme wegen dem Doppeldrachen."

Herr Meinel zog Susi ins Dienstzimmer. Ihm fiel ein Stein vom Herzen. Aufmerksam hörte er zu, was Susi zu berichten hatte. Die erklärte ihm alles, erzählte von Uwe und Matthias, von dem Katapult und dem Taschentuch, von ihrer Mutter, die sie belogen hatten und von ihrer Sorge, doch eigentlich nicht petzen zu wollen.
Herr Meinel reichte ihr die Hand und sagte:
"Weißt du, Susi, petzen und die Wahrheit sagen, dass sind zwei sehr verschiedene Dinge. Ich glaube, diesmal hast du deinen Freunden das Leben gerettet. Du hast dich sehr richtig entschieden."
Er nahm wieder seine Tasche.

"Komm jetzt, wir dürfen keine Zeit mehr verlieren."

Da klopfte es an die Tür. Herr Meinel machte sie auf. Draußen stand ein Junge. Braune wirre Haare, T-Shirt, Lederhosen, das linke Auge etwas blau unterlaufen wie von einer Prügelei.

"Matthias!", rief Susi.

Herr Meinel gab auch ihm die Hand.

"Aha, der Katapultschütze! Nun aber los, wir brauchen noch den dritten, den jungen Samariter."

So, nun kennt ihr unsere drei Helden, den Uwe, die Susi und den Matthias. Als wir unsere Erzählung anfingen, haben wir uns gefragt, ob Uwe ein Held ist. Ein Kindergeschichtenheld.

Ist er das nun? Schwierig, nicht wahr. Vielleicht ist die Susi ja noch viel mehr eine Heldin, als

Uwe ein Held ist. Ihr könnt ja ein wenig darüber nachdenken.

Die Geschichte ist nämlich wirklich passiert. Ich habe den Uwe persönlich kennengelernt. In der Tollwutberatungsstelle.

Als Uwe und Matthias am Freitagabend zur Impfung kamen, sahen die beiden ganz schön blass aus. Sie haben wohl gedacht, jetzt geht es ihnen ans Leben. So schlimm war es dann aber nicht. Erst hat Uwe, dann Matthias die Spritze bekommen. Keinen Mucks haben sie gesagt. Draußen vor der Tür stand dann ein Mädchen. So alt wie die Jungs. Blaue Auge, blonde Locken. Na, ihr wisst schon. Die Susi. Sie hatte vor Aufregung rote Flecken im Gesicht, hatte ja wohl auch am meisten auszuhalten gehabt bei der ganzen Geschichte. Sie hat mit später alles in Ruhe erzählt. Wie alles so gekommen ist. Und ich erzähle es euch weiter. Vielleicht müsst ihr dann nie gegen die Tollwut geimpft werden. Vielleicht gibt es die Tollwut dann gar nicht mehr bei uns im Land, weil alle sich vernünftig verhalten.

So, und nun ahnt ihr vielleicht, warum ich die Geschichten für euch aufgeschrieben habe. Die von Lyssa, die vom Mörderkater und die vom Doppeldrachen.

Ich sehe schon.
Wir verstehen uns.

Nachwort

Jede ordentliche Geschichte hat ein Nachwort. Das liest man erst, wenn man das ganze Buch gelesen hat.

Im Nachwort wird erklärt, was es mit dem Buch so auf sich hat. Mit diesem Buch hat es eine ganz besondere Bewandtnis.

Es ist eine Falle. Eine Falle für Lyssa, die böse Tollwutfee.

Ihr habt in der ersten Geschichte ja schon die zwei wichtigsten Waffen gegen Lyssa kennengelernt.

Den Abstand.

Und Lyssi, die Impfung.

Und nun lernt ihr die dritte Waffe kennen.

Die dritte Waffe, das ist das Wissen.

Wer viel weiß über die Tollwut, dem kann Lyssa nichts anhaben.

In unserem Land sind die drei Waffen so gut eingesetzt worden, dass es die Tollwut gar nicht mehr richtig gibt. Seit vielen Jahren hat Lyssa bei uns keinen Menschen mehr erwischt. Es gibt sie auch kaum noch bei Tieren. Dabei hat besonders geholfen, dass die wild lebenden Füchse geimpft worden sind. Auch die meisten unserer Haushunde bekommen regelmäßig eine Schutzimpfung.

Trotzdem: Noch immer ist die Krankheit nicht vollständig besiegt.

Es gibt sie noch bei den vielen Waschbären und sogar bei Fledermäusen. Und in anderen Ländern, in Indien oder Afrika, sterben noch immer Jahr für Jahr viele tausend Menschen an der Seuche.

Jährlich werden 15 Millionen Menschen geimpft. Und wenn ihr nach Indien oder nach Afrika reist, dann ist es vielleicht besser, ihr lasst euch vorher impfen.

Bleibt also vorsichtig.
Und bleibt bewaffnet:

Mit Wissen.
Und mit dem Abstand.
Und wenn es denn sein muss, auch mit Lyssi, der Impfung.